嵐山光三郎セレクション 安西水丸短篇集

左上の海

安西水丸

中央公論新社

嵐山光三郎セレクション
安西水丸短篇集

左上の海　目次

編集協力　坂崎重盛

本文イラストレーション　安西水丸

嵐山光三郎セレクション
安西水丸短篇集

左《ひだり》上《うえ》の海

レモンを描く

五月になり自堕落《じだらく》な好天がつづいていた。空は白く晴れ、青葉の繁《しげ》る木の芽は情事の匂いをはなってこぼれた。こんな季節、ぼくは頭に鬆《す》の入ったような気分ですごす。同じレコードを意味もなくくり返しては聴く。

六月に入ったら、銀座の小さな画廊を借りて個展を開く予定だった。

雨期は画廊もひまだからと言って、画廊主の友人が安く貸してくれた。友人は小崎長利という。四年前のオランダ旅行中、アンネの部屋を見学する観光バスで知り合った。あちこちをバスで移動中、よく絵の話をした。

きっかけは、ぼくが「フランダースの犬」の話をしたことだった。話題は、ネロ少年が愛犬のパトラッシュと死んだ、教会のルーベンスの絵のことなどで盛り上がった。

「子供の頃、あの絵本を持っててね。ネロの貧しい食卓に見なれない果物が描かれてたんですよ。ミカンでもオレンジでもなくてね」

小崎長利は、それがあとでレモンだとわかったと話した。当時、ぼくは二十五歳で、小崎長利は三十歳だった。

ふと、そんな時のことを思い出した。ぼくは個展の案内状に、なにを描こうか迷っていた。

「フランダースの犬とレモンか」

ぼくは思い出のなかの奇妙な組合わせをおもった。

仕事机の上に、ペンや定規、それにスケッチ用の紙などが散らばっていた。光が、透明なセロハン紙のようなやわらかさでそれらをつつんでいる。スケッチ用の紙を一枚取った。レモンの形を描いた。ふしぎな木の実だ。

レモンが木に実っているのをはじめて見たのはアテネの国立図書館の庭だった。季節はやはり五月で、さほど丈《たけ》のない木に、レモンは光の雫のように見えた。

しかしそれより以前、ぼくはエミール・ノルデの絵でたわわに実ったレモンの木を見ている。ノルデはドイツ表現派の画家だ。

レモンの木の描かれたエミール・ノルデの絵には「恋人たち」という作品名がついていた。ドイツ表現派独特の重苦しい色調のなかに、若い男と女が頰《ほお》を寄せ合っている。二人のうしろには、夜の街灯りのように実をつけたレモンの木があった。目にしみ込むほどあざやかなレモンの色は、ナチスに追われた画家の遠い光だったのかもしれない。


レモンという木の実を、ぼくはクロワッサンほどにしか考えなかった。それが失敗だった。目で捉えさえすれば、レモンなどすぐ描けるものと安易におもったのだ。

個展の案内状にレモンを描こうとした時、ぼくはレモンの持つ形の迷宮に迷い込んだ。何度もレモンを描いた。気に入ったレモンはなかなか描けなかった。

ある日、連日の晴天を嘲笑《あざわら》うかのように大雨が降った。ちょうど二日ほど前、濃紺のレインコートを買ったばかりだった。それを着て近くのK美術館へと出かけた。K美術館の庭園を歩き、その足で女を訪ねようとおもった。

雨はざんざん降りに降った。こうもり傘をさしていたが、雨の雫は傘の芯《しん》をつたって流れた。K美術館には人影がなかった。庭の遊歩道になっている細い道を歩いた。ぬかった泥道が靴を噛んだ。池の魚は一箇所に固まって淀んでいた。落ちていた枯枝を投げると魚たちは墨流しのように濁った広がりを見せた。

池を囲んで森は濡れそぼっていた。葉はエナメル状にぬめり、いつものつつしみ深さはなかった。その葉陰では昆虫たちが数ミリずつ体長を広げているにちがいない。雨は呪文に似た音をたてて降った。

先日、正午から日暮れまでかけてレモンを描いた。二つ重なり合っているレモンを描きたかった。線は単純なレモンの形をすぐ作り出したが、ただそれだけだった。レモンの形、レモンの色。レモンにはそれだけしかない。たったそれだけのレモンにぼくは描くたびに翻弄された。

雨はいっこうにやむ気配を見せなかった。K美術館の裏木戸から麻布方面へと急《きゅう》勾配《こうばい》の坂道がある。雨で鉛色になった坂道は愚鈍に左へと折れ曲っている。

布川成子のスナックは、坂が左へ曲り切った位置にひっそりとある。あたりは住宅地で、その一角にある五階建てのビルの地下に、まるで蟻《あり》の巣のようにあった。

スナックという言葉は近頃あまり使わなくなったが、布川成子はそれをおもしろがって使っている。店の名は「シアン」という。色の名前かとおもったら、猛毒で知られる青酸に配合するシアン化カリウムのシアンからとったと聞いて一瞬絶句した。

そんなことから、布川成子を人の悪い女かなとおもったら、それが意外だった。悪ふざけはするが、なかなか面倒みのいい女だった。はじめはいつも友人に連れられて行っていたのだが、そのうち一人で行くようになった。

冬のある日、ぼくはひどい咳に苦しんでいた。成子は咳にいいからと言って、苺ジャム入りの紅茶を作ってくれた。ロシアン・ティーというやつだ。

「あなたのような人は、女の人がいちばん気をつけなくちゃいけないタイプなのよ」

成子は店で二人きりの時に言った。

ぼくは、成子の夢を見た話をした。それは成子のアパートにぼくが招待される夢だった。彼女はベッド・ルームで洋服ダンスを開けて見せてくれた。いろんな洋服が掛けてあった。鮮明だったのは彼女が引出しを引いてくれた時だった。色とりどりのセーターがきちんとたたまれていた。成子はそのなかからパウダー・ブルーのセーターを手にとってぼくの頬にあてた。カシミアの心地いい肌《はだ》ざわりだった。

そこまでを成子に話した。そのつづきは話せなかった。なぜならそのあとの成子はぼくを抱いてくれたからだ。

夢は現実になった。

時計は午後の四時をまわっていた。雨はいくぶん小降りになっていた。「シアン」の開店にはまだ早い。ぼくは成子に聞いて鍵《かぎ》の置き場所を知っていた。「シアン」の板チョコのようなドアを開けた。暗い店内で、黴《かび》色の空気がぼくをつつんだ。こんな瞬間はきらいではない。それは成子の匂いでもあったからだ。

ほんの少しだけ成子のことをおもった。血管の透《す》けるような白い肌をしている。皮膚が薄いと言った方が正確かもしれない。痩《や》せているせいか、三十にしては少し老けて見えた。

薄明りの魅力とでもいうのか、「シアン」には迷い虫のように馴染み客が集まってくる。ぼくにしても、そんな迷い虫の一人だった。

カウンターでぼんやりとすごした。K美術館の泥道で濡れた靴が、足を不快な冷たさでつつみ込んでいた。雨の庭を歩いたのも、こんな時間から女を待つのも、ぼくにとってなんの意味もないことだった。このところつづいた、白く晴れ上がった空をおもった。五月晴《さつきば》れと言うけれど、五月の空には白い絵具を混ぜ合わせたような濁りがある。そのぶんだけ青葉や風が香るのだろう。

レモン。白い五月の空にレモンがうかんだ。それを仕上げるのは迫られている。明日はなんとしてもレモンを描く。レモンの冴えざえとした色、そしてどこか半熟を感じさせるあの紡錘形《ぼうすいけい》を目に描いた。

女の靴音がして成子が来たのだとすぐにわかった。ドアが開いて、ベージュ色の薄手のレインコートを着た成子が入って来た。

「あら、電気ちゃんとつけなきゃ」

成子は言った。

コートを脱いだ成子は、グレーでフレンチ袖の腰から下はタイト仕上げになっているワンピースを着ていた。気にかかったのは、左目に眼帯をしていることだった。薄暗がりのなかで、純白の眼帯がそこだけあらぬことを思考しているように見えた。

「目?」

ぼくは言った。

「うん、ちょっと塵《ごみ》入れちゃって」

成子は、たぶん今日はこの目のことばかりを客たちに訊《き》かれるのではないかといったふうに、面倒そうに言った。

「今日はすごい雨だった」

「少し小降りになったわ」

「K美術館の庭を歩いたんだ」

「この雨のなかを？」

「うん」

「濡れたでしょう？」

「うん」

「個展の作品、描けた？」

「作品の方はね」

「まだなにかあるの？」

「案内状の絵がね、まだなんだ。ダイレクトメールの」

「なに描くの？」

「レモン」

「レモン？」

「そう、レモン」

「レモンならあるわよ。今、買ってきたばかり」

成子はカウンターに置いた買い物袋からレモンを三個取り出した。黒檀《こくたん》のカウンターで、レモンはおもいおもいにゆれ、数秒で静止した。

「ふしぎな木の実ね」

成子はレモンを手に取った。眼帯をした成子の顔が片方だけの目でレモンを見つめる。その姿はどこかドイツ表現派の絵をおもわせた。

「むずかしいんだ」

ぼくはレモンの絵のことを言った。成子は眼帯の下の左頰でレモンをころがした。

「つめたくて気持ちいい」

成子が言った。

「そんなことしたらレモンの毒がまわるぞ」

「まわるかしら？」

「ぼくは今まわってしまって困ってるんだ」

「レモンの毒なんてすてきじゃない」

「レモンがうまく描けたら……」

もしもレモンが描けたら、いろんなことの迷いから突き抜けられる。そんな気がしていた。

その夜は、雨のためか「シアン」は静かだった。客はぽつりぽつりとやってきて、一、二杯の酒で帰った。成子は目のためもあってか、店をいつもより早く閉めた。

成子の目が痛み出したのは、彼女のマンションに帰ってからだった。シャワーをとったあと、成子は突然眼帯でおおった左目の痛みを訴えた。

「痛み止めの薬取って」

成子は病院でもらったらしい薬のことを叫んだ。薬は柿色をしたカプセルだった。成子はそれを飲んだ。が、痛みは去らなかった。

成子は左目に手をやった。かきむしろうとしているように見えた。ぼくはその手を押えた。成子は手を握りしめて痛みをこらえた。握った手は、まるでレモンを絞り出すように力強かった。女の手首の血管が薄い肌を突き破りそうに浮き上がった。

もがいて首を振る成子の眼帯がはずれた。そこには視線の行方を失った蛇の目のように充血した女の目があった。

翌日、成子は病院で精密検査を受けた。その結果、すぐに入院ということになった。病名はわからなかったが、あまりよくない病気のようだった。

成子が入院して間もなく、ぼくは彼女を信濃町にあるK病院に見舞った。日頃から細い成子の身体はさらに衰えて見えた。つきそっていた母親は、ぼくを気遣ってかそれとなく席をはずした。ガラスの花びんのフリージアが部屋いっぱい香っていた。

「元気そうだね」

ぼくは言った。成子は黙ったまま頷《うなず》いた。カーテン越しに初夏の陽がふりそそいでいる。

「あれから、ずっといい天気だ」

ぼくが言うと、成子はまた頷いた。左目にはまだ眼帯をしていて、それが痩せた成子を痛々しく見せた。成子の口がわずかに動いた。

「なに？」

ぼくは成子の口に耳を寄せた。

「レモン描けた？」

成子は弱々しいかすれた声で言った。

「ああ」

それだけ言ったらつらい気持ちになった。

「徹夜して仕上げたよ」

ぼくはつとめて明るく言った。

「よかったわね」

「うん」

「個展見に行けないわ」

「すぐ治るさ。オープニングまでにはまだ日もあるし」

成子の頬にそっと手をふれた。火照《ほて》っているように感じた。

「レモンの案内状、わたしにもちょうだい」

成子は落ち窪んだ目でぼくを見た。

「もちろん、印刷所のインクの匂いのするの持ってくるよ。最高のレモンだから」

そう言うと成子ははじめて目を細めた。長いまつ毛が濡れていた。

病院から帰る時、母親から成子の病名を聞かされた。肺癌が目に転移したのだという。そんな馬鹿など叫びたかったが、叫んだところで仕方がなかった。眼球を摘出するという手術の話には言葉を失った。

K病院を出て神宮外苑に入った。よく晴れていた。絵画館前の広場で白と水色のユニホームを着たチームが野球の試合をしていた。ぼくは草の上に腰を下ろして試合を見た。水色のユニホームのピッチャーはアンダー・スローだった。身体を大きく沈め、ゆっくりと、空気を抉《えぐ》るようなフォームで投げた。

レモンの絵を描きはじめたのは、成子が目の激痛を訴えた翌日の夜だった。机に向かったのは深夜の十二時すぎだ。昼間は夏のように暑かったが、夜になって窓から涼しい風が吹いた。窓の外の隣接したビルの壁には、ぼくの仕事机からのZライトの灯りがもれていた。あとは粘つくような闇《やみ》だった。

はじめの一枚はなんとか気に入った。そのあとがつづかない。何枚描いても同じだった。描きつづけた。ペンを数センチ走らせ、そこで失敗とわかる。意地になって描いた。

夜が白々と明けてきても、はじめの一枚を越えるレモンは描けなかった。レモンを描くことをやめようともおもった。しかし、ここまできたら、もうレモンの絵からはなれられなかった。

時計が朝の五時をすぎ、夜はきっぱりと明けた。夜の間、ずっとレモンを描いていたことになる。睡魔におそわれていた。これが最後と自分に言い聞かせて紙に向かった。

息をつめて一気に描いた。それは今までのなかで最高の出来ぐあいだった。色をつけ、ソファに倒れるように横になった。すぐ眠りに落ちた。

どのくらい眠ったかはわからない。ほんの少しの時間だったとおもう。それでもと切れと切れに夢を見た。

目が覚《さ》めて、最後に描き上げたレモンの絵を手にとった。まあ、これならいいかとおもった。一枚だけ残し、ほかの絵はすべて捨てた。

窓を開けると、どこかでちり紙交換の声がして遠ざかった。心地いい風が頰をなでて吹いた。

さんざん手こずったレモンの絵を眺めた。今日の午後、印刷所に渡す予定でいた。

成子はどうしているのだろうか。ふと成子の病状が気にかかった。

ペリカン製のインクの壺のふたが開いたままになっていた。インク壺の周囲がひび割れたように乾いている。ペン先もインクをこびりつかせたままだった。汚れたペン先をはずし、新しいペン先をブルーのペン軸に差した。工場で作られたままのペン先は飛び立とうとする鳥の翼のように見えた。

なにげなく紙を取ったのと、ペンをインク壺につけたのとほとんど同時だった。手がするすると動き、工場で作られたままのペンは細く鋭敏な線を残し白い紙の上を走った。描こうとする意識はまったくなかった。ただ手が動いただけだった。ぼくはレモンを描いていた。

一分とかからなかったとおもう。ぼくはついにレモンが描けた。その一枚は、一睡もせずに描いたレモンより、はるかにレモンのすっぱさを感じさせた。

ぼくはレモンの持つ、あまりにも単純な形、単純な色合いに、ものを見る目を失っていた。そして、こんなぼんやりとした頭のなかで、無心に走らせた手がしっかりとレモンを捉えた。それをしたのは、ぼくの技術的特質などなにも知らない、工場で作られたばかりのペン先だった。

個展の案内状は一週間で刷り上がった。すぐにそれを成子に送った。レモンを描き上げたいきさつも手紙にそえた。しかし成子は、もうレモンの絵を見る目を失っているかもしれないとおもった。そのことだけがつらかった。

「シアン」を訪ねたのは、成子に案内状を送ってから数日後のことだった。まだ昼すぎの時刻で、いつもの坂道は片方にK美術館の黒い影を落していた。坂道を下り、「シアン」のドアの前に立つと、「休業」の張り紙があった。鍵を出してなかに入った。

カウンターは、あの雨の日のままになっていた。三つあったレモンのうち、一つだけがガラスの器に入っている。それを手にとった。レモンは弾力性を失い、腐った甘《あま》酸《ず》っぱいような匂いを発していた。力いっぱい握りしめた。指の間からレモンの汁が流れ、それが指のささくれにしみた。ささくれの痛みを、昔の人はよく親不孝への酬《むく》いだと言った。ぼくにはそれがなにもしてあげられなかった成子へのうしろめたさのように感じた。

「シアン」を出た。外光がまぶしかった。成子には、もうあの店はできないかもしれない。ぼくも「シアン」へはもう来ることはないだろうとおもった。

坂道に落ちているK美術館の影のなかを歩いた。美術館の土塀《どべい》の上で梢《こずえ》がざわざわと騒いだ。それは、「シアン」のディスポーザーのなかで、糸状に砕かれていくレモンの音に似ていた。

消えた月

死んだ人の髭《ひげ》を剃《そ》るのははじめてだった。

吉沢周平《よしざわしゅうへい》は友人の頬を撫でるようにしてゆっくりと電気シェーバーを使った。黒く、くっきりとした眉は生きている時と少しも変わっていない。

電気シェーバーをオフにすると雨の音が大きくなった。本降りになっていた。

「きれいになった」

「ありがとうございます」

今はもうこの世の人ではない友人、佐竹直行《さたけなおゆき》の夫人が頭を下げた。病室にはTV、それにビデオがセットされていて、そばにあるワゴンの上に「ダイ・ハード2」のビデオがあった。

「佐竹はアクション映画が好きだった」

「昨夜、それを見たんですよ。このところずっと体調がいいって言ってて、夕食のあとその『ダイ・ハード2』を見て、『ダイ・ハード』より『ダイ・ハード2』の方が面白いって、それがわたしの聞いたこの人の最後の言葉でした」

「佐竹らしい最後の言葉ですね」

吉沢はおもわず鼻がつまり椅子《いす》に腰を下ろした。看護婦が二人入ってきて佐竹の身体を脱脂綿で拭《ふ》いた。

千駄ヶ谷にある吉沢の仕事場に佐竹の死が知らされたのは一時間ほど前だった。彼は仕事を放り出し、佐竹の入院している虎ノ門の病院へとタクシーで直行した。赤坂をすぎたあたりで雨がぱらつきはじめた。

病室で吉沢を迎えたのは、佐竹夫人の青ざめた顔だった。死んだ佐竹の顔よりも青ざめていた。

「佐竹さん、だらしないよ。こんなに早くいっちまうなんて」

吉沢は佐竹の肩を揺り動かして言った。彼の肉体は完全に仏になっていた。

吉沢は夫人に頼まれるままに、友人の伸びた髭を手わたされた電気シェーバーで剃った。それは佐竹の愛用していた電気シェーバーで、どこかにまだ彼の手の温《ぬく》もりが残っているようだった。

霊安室は地下一階にあり、佐竹の遺体はそこに移された。小さな仏壇があって、担当した看護婦や主治医らが線香をあげ手を合わせて出ていった。

やがて佐竹の仕事仲間らしい男たちが十人ほど入って来た。彼らは佐竹を中心に建築家の団体をつくっていた。一人一人、佐竹の遺体に向かい手を合わせた。

「まさかこんなことになるなんて」

「佐竹君、まだ四十三だったんだ。若いなあ。わたしよりも七つも下なんだ」

「祭壇の手配はどうするの」

「われわれで手配しよう」

「あまりデコラティブなのは佐竹君嫌いだったな」

「そう、シンプルなのにしよう」

「葬儀屋にそんなのありますか」

「まあ、とにかくあまり仰々しいのはやめようや」

みんながそれぞれに口にした。

吉沢は夫人に一札して霊安室を出た。

雨は止む気配がなかった。六月に入ったばかりで、彼はこのまま梅雨に入っていくのだろうとおもった。

佐竹が歯ぐきからの多量の出血で入院したのは今年の一月だった。それは急性白血病と診断された。結局彼の命は四カ月しかもたなかったのだ。あまりにも呆気ない死だった。

時刻は午後の二時をまわっていた。昼食はまだだったが、自分が何を食べたいのかわからなかった。

吉沢は雨のなかを歩き、喫茶店があったので入りコーヒーを注文した。店はがらんとしていて、二人のサラリーマン風の男がひそひそと商談らしき話をしていた。彼はぼんやりと正面の壁を見上げた。

——ああ……。

吉沢のおもわず開いた口はそんな声をもらした。彼のなかに痛烈な懐かしさがこみあげた。壁には古ぼけたニューヨークの写真が貼《は》ってあった。

吉沢が佐竹と出会ったのは一九七八年のマンハッタンだった。彼は52ストリートの五番街とマジソン・アベニューの間にある日本レストラン〈青葉〉でウェイターのアルバイトをしており、佐竹は馴じみ客としてよく顔を出した。ウェイターと客という関係もあり、吉沢ははじめのうちある程度の距離を置いていたのだが、年恰好《としかっこう》も同じことから、やがて親しく口をきく仲になった。当時、吉沢は二十六歳で、佐竹は三歳年上だった。

「建築事務所にいるんだ」

佐竹は日本の大学で建築を学び、今は父親の知人のつてでマジソン・アベニューにある建築事務所で働いていた。郷里は札幌で、父親は建設会社を経営しているらしかった。吉沢は観光ビザで入国し、ワーキング・ビザが取れないまま不法就労者として43ストリートの六番街にある小さいデザインスタジオで働いていたが、そのことは口にしなかった。日本人どうしの密告騒ぎを知っていたからだ。

「ほんとは何やってるの？」

何度めかに口をきいた時、吉沢は佐竹に訊かれはじめてデザインスタジオにいることを話した。

「なんとなく、ただのウェイタージゃないとおもったんだ」

「働くビザがまだないんで」

「大へんだな」

「うん、でも入国の仕方が甘かったんです。反省してます」

「なんとかなるよう、ビザのことぼくも考えてみるよ」

吉沢は佐竹の言葉にうたれた。ニューヨークに入って一年がすぎていたが、こんな言葉を言ってくれた日本人ははじめてだった。

二人の仲はある事件をきっかけに決定的になった。

クリスマスがすぎ、一九七八年があと二日で終わるという寒い日だった。吉沢と佐竹はグリニッチ・ビレッジでジャズを聴き、さらに近くのバーで飲んだ。酔った二人は深夜のキングストリートを七番街のほうへと歩いていた。

吉沢が佐竹に何か言おうとした時だった。ビルとビルの間から突風のように黒い塊が音もなく彼の前を横切った。瞬間、左顔面に激しい一撃が炸裂《さくれつ》した。

何がなんだかわからないまま吉沢は佐竹のほうを見た。黒人の大男が佐竹に襲いかかろうとしていた。

「佐竹さん！」

吉沢は大声で佐竹の名前を呼んだ。その時の佐竹の動きは、今でもくっきりとおもいうかべることができる。驚いたことに、黒人の大男は佐竹にいとも呆気なくアスファルトの路上に叩きつけられたのだ。みごとな、まるで絵に描いたような払い腰だった。

「吉沢、逃げるぞ」

佐竹の声には追っかけっこをしているような気軽さがあった。

「ブリーカーストリートの角の店へ行ってるぞ」

佐竹が駆け出した。吉沢があとを追いかけようとすると、まだ高校生ほどの黒人が前に立ちはだかった。凄まじいパンチが彼の頭上で空を切った。吉沢はダッキングして左パンチを相手の鳩尾《みぞおち》に突き刺した。

「吉沢大丈夫か。早く来い」

走り出した佐竹が立ち止まって叫んだ。吉沢の横手からもうひとりが襲いかかった。彼がサイドステップから右フックの構えをみせると相手がひるんだ。騒ぎで人が集まってきたのを知ってか、黒人たちはばらばらと走り去った。

「酔いが醒《さ》めたな」

「物盗りですか。いるんですね、やっぱり」

「日本人はよく狙《ねら》われるんだ。まあ逃げるに越したことはないけどね」

「佐竹さん、凄いですね。やってたんですか、柔道?」

「高校の時三段を取ったけど、そこでやめたんだ」

「高校で三段は凄いですね」

「君は?」

「ボクシング、ジムにちょっとだけ」

「なぁんだ、じゃあ、もう少し暴れさせてみるんだったたな」

「やめてくださいよ。今ごろ心臓に穴が開いてますよ」

空から雪が舞いはじめていた。二人は六番街へ出てバスを待った。

「正月まで降りそうだな」

佐竹が暗い空を見上げて言った。吉沢は汗の冷えはじめている背中が寒いとおもった。

佐竹が口笛を吹いた。「もういくつねると」という正月の歌だった。


夏がすぎ秋がきて、東京は木枯しの季節になった。

吉沢が北森礼子《きたもりれいこ》からの電話を受けたのは、十二月に入った最初の週末だった。

「北森といいます。突然で申しわけありません、実は佐竹さんのことで」

「佐竹さんのこと？」

「はい、実は佐竹さんのことで、いろいろお話したいことがありまして」

北森礼子は生前の佐竹と五年ほど前から男女の関係にあったことをあっさりと口にした。

「わたくしなりに佐竹さんとの思い出がありまして、誰かにそのことを聞いてほしいとおもっていたんですが、どうしていいのかわからず、あの人がよく吉沢さんのことを口にしておりましたもので、おもいきって電話させていただきました」

女にはモテた佐竹なので、このくらいの女が一人や二人出てきてもふしぎだとは吉沢はおもわない。

「佐竹さんにはニューヨークにいた時も帰国後もいつもお世話になっていました。あんな風に病気で亡くなるとはおもってもみませんでした。ぼくでよかったら何でもお話しください」

吉沢は翌週の週末に北森礼子と会う約束をして電話を切った。声だけではわからないが、吉沢には、彼女が芯のしっかりした女性のようにおもえた。

仕事に追われているうちに週が明け、北森礼子との約束の日はすぐにやってきた。待ち合わせた表参道のカフェに入ると、店内はクリスマスの飾りがいっぱいでスピーカーから鼻にかかった黒人シンガーの歌う声が流れていた。歌は「赤鼻のトナカイ」だった。北森礼子はほとんど時間どおりに現われた。

彼女はがりがりに痩せていた。俗に言う、ヤンキー痩せというタイプだ。

「今はお忙しいんでしょう?」

「ええ、でももうクリスマス広告は終わっていますから」

「すてきですね、グラフィック・デザインなんて」

「こんなことしかできませんから」

カフェを出て、少し歩いて普段はあまり行かない若者たちの多い日本料理屋に入った。

「ここはよくいらっしゃるんですか?」

「いや、あまり。今日は若い女性といっしょですから」

「誰のことでしょう」

「北森さんですよ」

「わたし、若くはないんですよ。もう三十すぎてますから」

料理をあれこれ注文し、酒を飲んだ。北森礼子は佐竹との日々を懐かしそうに話した。

「吉沢さん、奥さまは?」

「ええ、一人」

「お子さんは?」

「それも一人」

吉沢の返事がおかしかったのか彼女が笑った。

「あのぉ、北森さん、お仕事はどこかにお勤めなんですか?」

吉沢が訊いた。彼女が吉沢の目をじっと見つめた。

「わたし、フーゾクで働いてるんです」

「はっ」

一瞬、吉沢の頭は混乱した。

「わたし、ソープで働いてるんです」

彼女が、佐竹と渋谷にあるソープランドで知り合ったことを話した。吉沢は黙って彼女の話を聞くことしかできなかった。

「佐竹さんは羨ましいな」

吉沢は言った。

「ほんとにそうおもってくださいますか」

「北森さんのような人がいて、よかったとおもいます。それにしても佐竹さん、水くさいな、ぼくにはひと言もあなたのことを言わなかった」

彼女がちょっと淋しそうな顔をした。

「照れていたんですね」

「そうでしょうか……」

食事を終えて二人は外に出た。つめたい風が吹いていて、空には水菓子のような月がうかんでいた。

「あの、もしも御迷惑でなかったら、わたしのところに寄っていただけませんでしょうか」

「こんな時間でも」

「代々木上原ですので、ここからすぐに」

北森礼子は、佐竹とすごした部屋を見てほしいと言った。

タクシーを拾い彼女のマンションに向かった。

マンションは、上原の住宅街にある小ぎれいな八階建てだった。彼女の部屋は六階にあり、ベランダから夜の代々木公園が見えた。

「いい部屋ですね」

「佐竹はそのベランダで公園を眺めるのが好きでした。セントラル・パークだなんて言って」

「セントラル・パークか。懐かしいな」

彼女がスコッチのボトルを持ってきて、吉沢はそれをオン・ザ・ロックスで飲んだ。

「あの写真？」

吉沢は書棚の上にある額に入った子どもの写真に目をやって言った。佐竹にそっくりな男の子だった。

「実家の両親が育ててくれています。わたし、もうすぐ今の仕事やめて実家に帰ります」

「可愛い坊やだ」

同じ書棚の上には、金属でできたエンパイア・ステート・ビルと、陶器でできたエンパイア・ステート・ビルが並んでいた。陶器のほうにはキングコングがセットになっている。

「あれ、二つともぼくのと同じだ」

「聞いています。金属のは吉沢さんからのプレゼントでしょ。陶器のほうは佐竹が吉沢さんにあげたはずです。彼は二つともとても大切にしていました」

吉沢はグラスのスコッチを飲んだ。融《と》けた氷が小さく鳴った。うしろめたい音だった。

朝から吹いていた風がやんで
街は曇りガラスにおおわれた
雪はいつものようにやってきて
誰も知らない話をしてくれる
女は笑いながら口をすすぐ
水蜜桃を食べた匂い
タンブラーグラスの底のつめたさ
雪はいつものようにやってきて
誰も知らない話をしてくれる

吉沢は北森礼子の部屋を出た。風が止み、月はどこかに消えていた。

柳がゆれる

雨がぽつぽつとペルマフレッシュのワークシューズを濡らした。あめ色の革が水滴を吸い込んでいく。

奥津《おくつ》は足早に薬研坂《やげんざか》を下った。青山通りからV字型に窪んでいるこの坂は薬を粉にする薬研に似ていることからそんな名前がついたという。今は坂の途中にレコード会社のコロムビアがあることから、コロムビア通りなどと呼ばれている。奥津は祖母から聞いていた薬研坂の名前のほうが好きだった。

雨が強くなった。ペルマフレッシュのワークシューズは買ったばかりだった。新しい靴を履くとなぜか子どもの頃を思い出す。

薬研坂を上りきると右側にマッチ箱を重ねたようなビルがあり、その三階に奥津の仕事場があった。長い間勤めた建設会社を辞め、フリーになって一年になる。フリーになってはじめて借りた部屋が、このソフトタウン赤坂の三階、三一〇号室だった。奥津文也《ふみや》は現在妻と二人の娘という家族を持ち、三十八歳になっていた。

仕事場に使っている部屋は八畳ほどのリビングルームがひとつ、それに小さなダイニングキッチンとバスルームがついている。リビングルームの中央には大きな製図台があって、ほかにはベッドにもなる折りたたみのソファ、木製の棚には小型TV、それにこれも小さなCDデッキがのせてあるだけだ。

窓辺に立った。建物が高台にあるため、冬の晴れた日には遠くに富士山を眺めることができる。窓の下は隣接する団地の庭になっていて、大きな柳の木が一本あった。いつもは子どもたちの声がうるさいのだが、この日は雨のためかひっそりしている。雨はだらりと枝を垂らした柳の葉を濡らして降っていた。

ぼんやりと雨を見た。一年前に死んだ母のこと、二歳下の妹のこと、ずっと後に、十五もはなれて生まれた弟のことなどがおもいうかんだ。父親は弟が生まれて間もなく死んでいる。

母親はあまり父親のことはよく言わなかった。仕事はできたが、あまり家庭的な男ではなかったのだろう。そういう意味では自分も似ているかもしれない。奥津は苦笑した。

妹も今は他家に嫁ぎ、すでに母親となっている。小さい時から問題ばかり起こしていた弟は、大学を中退したものの、今はグラフィック・デザイナーとしてそこそこの仕事をしているらしい。いずれにせよ、奥津は母親を自分のもとで看取れたことはよかったとおもっている。

製図台に向かった。今、小田原市にできるイタリアレストランと、新橋にできる日本割烹の設計を依頼されている。バブルがはじけ、仕事は以前よりずっと少なくなった。しかし奥津はのんびりと仕事ができるこのごろのペースのほうが気に入っていた。

製図台の上のノート型パソコンを開いてキーを押した。画面にゆっくりと光が入っていく。

インターネット通信を開くと芳田愛子《よしだあいこ》からの通信が入っていた。

——こんにちは。今日は雨ですね。今年の梅雨は長びくんだそうです。わたしは昨日、友だちと映画を見てスペイン料理を食べました。パエリャ、おいしかった。今度作りますね。ではまた連絡してください。愛子。

奥津と芳田愛子は以前勤めていた建設会社で出会っている。彼が退社する一年前、大卒の新入社員として入社してきたのだ。設計総務部に配属されていた彼女に、奥津は何かと細かい仕事を依頼することが多かった。小柄でおとなしかったが、どんなことにも弱音をはかない芯の強いところがあった。奥津は彼女の笑顔が好きだった。二人は冗談半分のデートを重ねているうちに恋に落ちた。俗に言う不倫の関係は今もつづいている。

ランチタイムがきて、奥津はバスルームで手と顔を洗った。濡れた顔を鏡で見ると、口もとにべっとりと血がついていた。どうしたのだろうと、彼は口を開けてみた。歯ぐきからの出血らしく、歯は真っ赤に染まっていた。奥津の顔はみるみる青ざめた。

奥津が原因不明の病気で北青山にある病院に入院したのは、うっとうしい雨の降る昼下がりだった。熱っぽく、身体に力が入らず、おまけに寒気もするので風邪だとおもい掛かり付けの医者を訪ねたところ、顔色を見た医師に即入院を言いわたされたのだ。

　彼は急性白血病と診断された。

病院では、一週間ほど四人部屋ですごし、その後個室へと移った。奥津にはそれなりの貯えはあった。

治療にはさまざまな薬剤が投与された。また貧血や出血に対し輸血や放射線療法と、奥津には辛い日々がつづいた。

　彼はくじけなかった。なんとしても、この病いから立ち直るつもりでいた。医師たちの努力も感じられたし、看護婦たちもきわめて献身的だった。

　気分のいい日、奥津は時々病室の窓辺まで歩いて外を見た。彼の病室は四階にあり、そこからは青山の住宅街の屋根や遠くに渋谷方面のビルが見えた。陽が西に傾くと、ビルは直線的な影を抱いて輝いた。奥津はそんな影を美しいとおもった。

　雨のなか、芳田愛子がやってきた。妻にはひとりでいる時間が欲しいと言ってあり、彼女もそれなりに何かを察してか、特別なことのない限り、食事時以外は顔を出さなかった。

芳田愛子が奥津の病室を訪ねたのははじめてだった。奥津を見た彼女は言葉のないまま、痩《や》せて不精髭《ぶしょうひげ》のはえた彼の頰に手をやり泪《なみだ》ぐんだ。

「ほら、こんなに元気だよ。もうすぐ退院できそうなんだ」

奥津は笑顔で言った。芳田愛子は彼の手を握ってしばらく泣いた。

「君に泣かれたら困るな。見舞いにきた人には元気づけてもらわなくちゃ」

奥津は床に跪《ひざまず》いている芳田愛子の肩をぽんぽんと叩いた。彼女がいとおしかった。

「こんなお皿があったんで買ってきたの。友だちが骨董屋さんで働いてて、この前セールがあって」

芳田愛子がブルーのプリント模様の皿を紙袋から出して言った。

「どこかで見たことあるなあ」

「ブルー・ウィローっていうんですって。ほら、真んなかに柳の木があるでしょう。このお皿の模様、中国の恋物語からできてるらしいの。恋っていっても悲恋ね」

「悲恋か……」

「中国の高官の娘と高官の秘書の青年が恋に落ちて、でも親に反対されて駆け落ちするのね。ほら、この柳の木のある家が高官の家で、この船で駆け落ちして島に渡って幸せに暮らしていたんだけど、怒った父親は追っ手をさし向け二人を殺してしまうのね。ここに飛んでる二羽の鳥、これは二人の魂が鳥になって空を飛んでいるところなんだって」

芳田愛子の細い指が青い二羽の鳥をさした。

「ここに橋があるでしょう。この橋を渡っている三人、一番前が秘書の青年、真んなかが高官の娘さん、そのうしろが高官なんです」

奥津は皿の絵柄が、どこかで出会ったことのある風景のようにおもえてならなかった。

「この柳の形、なんだかいいね」

「わたしも好き。この絵柄をこの柳の名前で呼んでるのも好き」

「ブルー・ウィローか。そういえば、仕事場の窓の下にあった柳もいい柳だったたな。あの下で、いつも子どもたちが遊んでいてね。いつも泣かされる子どもも決まってるんだ」

「その子が泣いて、ひとつの遊びが終わるんでしょう」

「そうなんだ」

「ねえ、文也さんの好きなウィントン・ケリーにも柳の曲あったわね」

「ああ、そうだったね。『ウィロー・ウィープ・フォー・ミー』、『柳よ泣いておくれ』だね」

「あの曲大好き。ケリーのピアノもね」

芳田愛子は二時間ほどして帰っていった。楽しい時はすぐにすぎていく。あっという間の二時間だった。

奥津はベッドサイドに置かれたブルー・ウィローの皿を見た。小さな物語のなかから風の渡る音や水の流れる音、人びとの静かな足音が聞こえてきた。音は母親の立てる俎《まないた》の音に重なった。朝の匂いがした。

奥津は子どもの頃を思い出していた。そこには、小さな手に握った箸でブルー・ウィローの絵柄をなぞっている自分がいた。彼が一番ふしぎに感じていたのが橋の上の三人で、それは豆つぶのようだった。

母の料理をのせた皿には、たしかにこの絵柄が描かれていた。もちろん彼にはブルー・ウィローなどという皿の呼び名はわからなかった。

病室の窓ガラスをしきりに雨が濡らしていた。

雨のふる日
港のコンクリート広場の
ドラム缶《かん》の影をおもいうかべている
あの影のなかに隠れていたいと
弱気にからだをちぢめ
ドラム缶の影をじっとおもいうかべている

日が暮れてあたりが闇につつまれても
ドラム缶の影のなかだけはあたたかく
やさしいうぶ毛をまとった枇杷《びわ》が実っている

カルメラ焼きを食べすぎた
茶色く錆びたドラム缶の影のなかから

細い線路がのびているのに
そのことを誰も知らない

この牛乳に
スプーン一杯の砂糖を入れて
スプーン一杯の砂糖を入れて
そんなことを何度もお願いして
またドラム缶の影のことをおもいうかべる

雨の上がった朝
港のコンクリート広場へ出かけた
ドラム缶はどこにもなかった
隠れる場所はどこにもなかった

夏がきた。

芳田愛子は時々奥津を見舞った。二人はよくブルー・ウィローの話をした。連日、強い陽ざしが病室の窓に照りつけた。

奥津の体調は良くなったり悪くなったりで、時には痛烈に苦しむこともあった。

ある日奥津を妹が見舞った。二歳年下の妹は、勉強もよくでき彼の自慢だった。奥津の親友に求愛されたことがあったが、妹は他の男と結婚した。奥津は妹を信じていた。

「元気かい？」

「ええ、兄さんは？」

「ああ、このところかなり具合がいいね」

「よかった。早く退院できたらいいわね」

「うん」

これといって話すこともなく、妹は世間話をしたり、子どもの頃の思い出話をして帰っていった。

「兄さん、頑張ってね。必ずよくなってね」

帰り際、妹は同じ言葉を何度もくり返した。妹が帰った後、よく手を引いて遊んだ頃のことが思い出され、奥津は泪がこぼれた。

弟が病室に現われた日は、猛暑の陽ざしがようやく遠くのビルに落ちかけた頃だった。

「兄さん、今年の優勝はドラゴンズがもらうよ」

弟はすぐに野球のことを話題にした。奥津はジャイアンツ・ファンで、東京育ちの弟がなぜ中日ドラゴンズのファンになったのかわからなかった。健康で、学校でもいつもクラスを引っぱっていた奥津に比べ、弟は病気ばかりしていた。医者になるのだとか、音楽家になるのだとか理想ばかり口にしているわりには実行力がいつも伴わず、自分の失敗の責任は常に他人のせいにするといった性格だった。おまけにお金にもだらしなく、奥津はよく弟の尻《しり》ぬぐいをさせられた。

「兄さん、治ったらハワイへ行こうよ」

「ああ、いいな」

「俺、ハワイ好きなんだ」

「いいんだってね」

「まず、風がいいね。甘いんだ、風が。それに海がすごくきれいで、兄さん、いっそのことハワイの病院に入ったほうがよかったんじゃない」

「馬鹿言うんじゃないよ」

「だってさ、こんな部屋にいたら、よくなる病気も治んなくなっちゃうよ」

「もうすぐ退院するから」

「ほんとに」

「ああ、そしたらハワイへ行こうよ」

「うん、行きたいな」

「戦争負けちゃったからな。敗けなきゃ、ハワイは日本のもんだったんだよなぁ」

「敗けたからいいんじゃないか」

弟はベッドサイドにあるブルー・ウィローの皿を手に取った。

「兄さん、どうしたの、この安っぽい皿」

「知ってるか、ブルー・ウィローっていう有名なパターンなんだ。家にも昔あったんだよ。覚えてないだろうな」

「そうかなぁ、あったかなぁ。誰が買ってきたんだろう。おふくろかな。趣味悪かったからな」

弟は皿の柳の部分を指でなぞった。

「兄さん、いっしょにハワイに行くお金、俺用意しとくからね」

弟はその後、またひとしきりプロ野球の話をして帰っていった。帰りがけに見せた弟の笑顔が可愛いとおもった。大人にはなっているものの、その目だけは今でも子どもの頃のままだった。


その夜、奥津はひとりで夜をすごした。

夜なかに何度か目を覚ました彼は、いつもに比べ、夜が暗いとおもった。

妻の名前を何度か呼んだ。返事がなかった。いつもそばにいるはずの妻がいない。不安がつのった。

天井を見つめているうち、またうとうととした。目が覚めた時、まだ夜は終わっていなかった。奥津はこのまま夜がずっとずっとつづくのではないかとおもった。

芳田愛子に会いたかった。閉じた奥津の目のなかで柳の枝が風にゆれていた。むしように誰かに会いたかった。死、その一文字が頭のなかで小さく光った。小さく光った。奥津のなかからすべてが消えていった。

空を見る

パリみたいだと葉子《ようこ》の言う風景は、アパートの窓から見える坂道だった。急勾配《きゅうこうばい》の細い下り坂が曲りくねっている。どこがパリなのかぼくにはわからない。坂の途中にある家の垣根から枇杷《びわ》の枝がのび、熟《う》れた実がアスファルトの路上でつぶれていた。風で枝がゆれると枇杷の実のうぶ毛が光った。枇杷を食べた時の、ぷるんとした種をおもった。空は晴れていたが陽ざしのなかには雨の匂いがある。雨季が迫っていた。

筍《たけのこ》を湯掻いていた葉子が本箱から料理の本を抜き出した。

「うまくできるかしら」

葉子が言った。筍の炊き込みご飯を作ろうとしているらしい。

「筍の皮残ってる？」

ぼくは言った。

「ごみ箱に捨てちゃったけど」

葉子は料理の本のページをぺらぺらとめくった。

「筍の皮、どうかするの？」

葉子が訊いた。

「うん、ちょっとね」

ぼくは曖昧な返事をした。子供の頃、祖母が少女時代に筍の皮で遊んだ話を思い出したのだ。筍の皮のうぶ毛をぬぐい取り、内側に梅干しやしその葉を入れ三角形に包み込んだ筍の皮のすきまから梅の汁を吸ったという。外で遊ぶ時も、着物の袂《たもと》に入れて持ち歩いたりしたらしい。数日もすると筍の皮が赤く染《そま》り、その色をみんなで比べ合ったりするのだそうだ。

ぼくは台所へ行き、ごみ箱のなかから筍の皮を一枚取り出した。祖母に聞いたとおり、皮のうぶ毛を手ふきんでぬぐい取り梅干しをつめて包んだ。真ん中で折ると、筍の皮は自然と三角形になった。

「ほら、このすきまから吸うんだ」

ぼくは葉子に言った。

「すっぱい」

葉子は口をすぼめた。ぼくも吸ってみた。梅のすっぱさが口に広がり若い竹の皮が匂った。

「明日になるとこの皮が赤くなるよ」

ぼくは三角形の筍の皮のすきまを吸い込みながら言った。

「おかしなこと知ってるのね」

「おばあちゃんたちが子供の頃にやった遊びらしいんだ。ほら、大正ロマンの香りがするだろう」

ぼくたちはかわりばんこに筍の皮をしゃぶった。それはどこか原始的な性的行為におもえた。梅雨入り時の病んだ陽ざしが葉子の白い頰を照した。すっぱい表情をした時の葉子の口もとがあどけなかった。

炊き込みご飯ができる間、ぼくは梅を包んだ筍の皮をしゃぶりつづけた。坂道で自転車のベルが鳴って遠ざかった。どこかで道路工事をしているらしく間をおいて耳ざわりな削岩機《ブレーカー》の音がする。あの音を聞くといつも足枷《あしかせ》がきつく締っていく気分になる。

葉子の炊いた筍ご飯を食べた。アサリの味噌汁に散らしたサヤエンドウの緑があざやかだった。カブは浅漬けのためか塩味が薄かったが、それが妙に口のなかで心地よかった。

「おいしいよ」

ぼくは食べながら言った。

女との噂の絶えないテレビ・タレントが、いつか言っていた。女の家で料理を食べたらどんなにまずくとも旨《うま》いと言わなければいけない。そんなことを思い出したが、葉子の料理はいつもぼくの口に合う。

「アキラ君って男の子がいるのね」

葉子が保育園での子供の名前を言った。ぼくはテレビのスイッチを入れ、お茶を飲んだ。湯呑《ゆの》みの底に青い魚の模様がある。テレビではアイドル歌手のグループが跳びはねながら歌っている。

「アキラ君がどうしたの？」

ぼくは言った。

「おかしいのよ。ママにスースーするのをおちんちんに張られちゃったって言うの」

葉子はひとりでくすくす笑った。

「なんだよ、そのスースーするのって？」

「きっとサロンパスかなんかよ」

「なんでそんなとこに張られたのかな」

「そうおもうでしょう。きっとお寝しょよ。アキラ君よくお寝しょしちゃうらしいのね。それでママが怒っておちんちんにサロンパス張ったのよ」

葉子は言い終るとまたひとしきり笑った。

ぼくも仕方なくいっしょになって笑ったが、お茶を飲み終え葉子のベッドに寝ころんだ。ガラス窓で大きな蠅が手足をばたつかせていた。葉子は食卓のあとかたづけをはじめた。

葉子は三川《みかわ》葉子という。アパートは本郷にあって、湯島天神近くの保育園で保母をしている。ぼくは週末から仕事を放っぽらかし葉子のアパートでぐだぐだとすごしていた。今日は六月最初の日曜日だった。

コペンハーゲンからスウェーデンのマルメ行きのフェリーに乗ったのは昨年の四月はじめだった。ぼくは三年ほど滞在したニューヨーク暮らしからの帰国途中で、ヨーロッパの町を転々としていた。長い旅のなかで疲れだけが広がり、ただぼんやりしていたかった。北欧の長い冬も終りに近づき、ぼくは北廻りの飛行機に乗るため最終目的地ストックホルムを目ざしていた。

ノルハウン港を出た船はゆっくりとオアスン海峡へと向った。一時間半ほどでマルメに着く予定だった。ぼくは手荷物を持ってデッキに出た。よく晴れていたが海の色は寒々としたピーコックブルーだった。霞《かすみ》のなかに広がるマルメの町を眺めた。どこかベンチにでも腰かけたいとデッキを歩いていると、客室の階段を女が一人上って来た。東洋人だった。まだ若く学生のようにおもえた。お互いにそう感じたらしい。どちらからともなく言葉をかけた。

「三川と言います」

女ははじめ姓だけを言い、そのあと三川葉子というフルネームを言った。

葉子とはそんな状態で知りあった。ぼくはニューヨークから東京へ帰る途中だと言った。三川葉子はストックホルムに留学している従姉のところへ遊びに来ており、コペンハーゲンへ観光に行った帰りだと話した。長い髪をうしろでポニーテールにまとめ、真新しいリーバイスのジーンズにPコートに似たコーヒー色の半コートを着ていた。笑うと両方の頰に笑くぼができた。船に乗っている間、ぼくたちはコペンハーゲンの話をしてすごした。ぼくはコペンハーゲンの北にあるクロンボー城の裏手の浜辺が好きだと言った。彼女も同じだった。

マルメの駅広場でコーヒーを飲んだ。三川葉子は神奈川県の小田原の生まれだと話した。三月に東京の女子短大を出たばかりらしかった。六月で二十一歳になると言ったのでぼくはポケットのなかで指を数えた。六つ歳下だった。

マルメからストックホルム行きの列車に乗った。列車は北に向って走る。車窓には古ぼけた町が解凍を待つかのようにたたずんでいた。疲れていたので少し眠った。目覚めると森のなかに湖が光っていた。ぼくは目を細めた。

「日本へはいつ頃に？」

三川葉子が訊いた。

「一週間ほどストックホルムにいて帰るつもりです」

そう答えたが、もしかしたらもっと早くなるかもしれないとおもった。彼女はワルプルギスの花がすぎたら帰国すると言った。ニューヨークからなんの予備知識なくヨーロッパに入ったぼくには、まして北欧のことはまったくわからなかった。

「ワルプルギスの花？」

　ぼくは訊いた。

「スウェーデンのお祭りらしいんです。春を迎えるお祭り。このあたりって冬が長いでしょう、だから花火を上げたりかがり火を焚いたりして歌ったり踊ったりするらしいの」

　彼女はワルプルギスの花の行事を説明した。

「ヴァイキングの祭りかな」

　ぼくは言った。三川葉子はそうかもしれないと言って笑った。

　ストックホルムが近づき、ぼくたちはストックホルムの話をした。彼女は従姉がストックホルムに留学しているだけあっていろいろとよく知っていた。フランスの哲学者デカルトがストックホルムで客死したことや、酸素を発見したシェーレや、最後にはダイナマイトのノーベルまで出た。

「ああ、ダイナマイトのノーベルならぼくもちょっとくらい知ってるな。あとはフリー・セックスのことね」

ぼくは笑いながら言った。ストックホルムには「未婚の母の家」が数カ所にあると聞いていた。

ストックホルムの中央駅に着いた時、すでに日は暮れつつあった。約六時間も列車に乗っていたことになる。ぼくは駅の観光案内所でペンションを探した。窓口では英語を使った。

「ぼくにいいペンションを探してください」

転々とした旅のなかでくり返しくり返し口にした言葉だった。

三川葉子はずっとついていてくれた。ぼくは彼女をタクシー乗り場まで送って別れた。

「時間があったら電話ください」

別れる時、ペンションの電話番号のメモを手わたした。楽しかったと彼女は言った。

ペンションは中央駅の近くだった。ぼくはバーサ通りを北へと歩いた。夜になってつめたい風が吹きはじめた。スーツケースに取りつけられた車が、アスファルトの上で疲れた音を引きずって廻《まわ》った。

一日。ぼくはストックホルムで三川葉子とすごした。セルゲルス広場で会い、歩いてシェップスホルムス橋《ブリッジ》を渡った。橋を渡るとそこは出島になっていて東洋美術館や近代美術館がある。ぼくたちはシェップスホルムス教会のある草原《くさはら》に腰を下ろした。教会は古城のようだった。タンポポが咲いていた。

「寝そべっていいかしら?」

ぼくは彼女に言った。黙って寝そべるほどぼくはまだ三川葉子と親しくなかった。

「どうぞ」

彼女が言ったのでぼくは草の上に寝そべった。青空が広がっていた。くるまって眠りたいような雲がゆっくり流れていた。

「わたしも寝そべっちゃおう」

三川葉子がぼくの横に寝そべった。

「東京に帰ってのお仕事は?」

彼女が言った。東京に近づくにつれ、ぼくはそのことが不安だった。

「今のところ、いちおうフリーで編集の仕事でもとおもって」

「ニューヨークでもそういったお仕事を?」

「ええ、出版社の下請けをやってた小さなプロダクションで割り付けみたいなことを。

三川さんは？」

「わたし、わたしは保育園の保母に就職が決ってるんです」

「保育園の保母っていったら、あの子供たちを相手にしてる？」

「そう……。おかしい？」

「いいえ、大へんだろうなとおもって。小さい子供相手だから」

「ええ、でも子供好きですから」

彼女の言葉のあと、ぼくは少しの間黙って空を見ていた。実際、あんな手のかかる幼児を、どんな性格の女が面倒をみたがるのかとおもっていたのだ。

ぼんやり空を眺めながら、間もなく東京に帰るという懐しさと、これからどうなるのだろうという不安が気持ちのなかで交差していた。

「芭蕉《ばしょう》の……、『奥の細道』に出てくるはじめの頃の俳句」

こんな時いつも突拍子もないことを口にしてしまう。

「はぁ？」

彼女はそれだけ言った。

「行く春や、っていうのあるよね」

「行く春や鳥啼《な》き魚の目は泪《なみだ》、ですか」

「ええ、そうです。今、ちょうどその俳句がうかんできて」

「ああ、気持ちいい」

三川葉子は異国の春の野にぐーんと若い身体を伸ばした。


夏がすぎて秋になった。ぼくはお茶の水にあるマンションに2DKの部屋を借りた。そこを住いと仕事場にしてPR誌などの編集でなんとか生活していた。ライターから割り付けと、一人でなんでもやった。どんぶり勘定だが、そこそこに貯金も増えた。

三川葉子と再会したのは、取材で出かけた鎌倉にある長谷《はせ》の大仏の前だった。彼女は数人の外国人と連れだっていた。

「お久しぶり」

ぼくたちは同じ言葉で挨拶《あいさつ》を交した。彼女の連れている外国人はスウェーデンにいる従姉の友人らしかった。

「ストックホルムでお世話になったお返しなんです」

彼女は長かった髪を耳のあたりで短くカットしていた。

「髪のせいかな。子供たち相手のせいかな」

彼女はストックホルムで会った時よりずっと幼く見えた。

「子供っぽいって言いたいんでしょう」

三川葉子が言ったので、ぼくはただ笑った。

その後、ぼくは時々三川葉子を夕食などにさそった。彼女が特別好きとか嫌いとかではない。ただ、暇な時間、そばに女がいて欲しかった。それも立派な恋の理由かもしれない。

三川葉子をはじめて抱いた時も、強く彼女との将来をおもったからではない。夕食にさそった夜の帰り、ぼくは車の横にいる彼女からいつになく胸の鼓動を感じた。車を舗道《ほどう》に寄せキスをした。女の唇《くちびる》は柔らかく甘かった。車の外はつめたい冬の雨が降っていた。何度もキスをくり返した。彼女はぼくのするがままになっていた。マンションへと車を走らせながら、ああしてこうしてと、部屋に着いてからの彼女とのことを考えた。ワイパーがせわしげにフロント・ガラスの雨をぬぐった。

熟れて落ちる枇杷……。ぼくは葉子の部屋から見える細い坂道をおもった。舗道でつぶれた枇杷がうかび、それが彼女をはじめて抱いた夜の自分たちの姿に重なった。

ベッドの上で寝返りを打った。窓ガラスの蠅はまだじっと動かないでいる。

「わたしも」

葉子もベッドに寝ころんだ。二人で窓の外の空を見た。ストックホルムの古い教会の草原に寝ころんで空を眺めた日のことがうかんだ。

「ねえ、あの時の俳句」

葉子が言った。

「ああ、行く春やっていうの」

「そう、鳥が啼いて魚の目に泪っていうの」

「もうすぐ雨季だよ」

「そうね」

ぼくたちは黙ったまま、また窓の外の空を眺めた。

ポケットから梅を包んだ筍の皮を出した。三味線の撥《ばち》に似た形をしている。口にあててしゃぶった。少し赤くなったようにおもえる。あと数日で、もっと赤くなるだろう。もっと赤く……。沈んでいく夕日のように。

ドラキュラ伯の孤独

アイルランドのダブリン生まれで、ダブリン大学ではオスカー・ワイルドと学友だったともいうブラム・ストーカーは四十九歳で『吸血鬼ドラキュラ』を書いて世に知られる。

小説の主人公、ルーマニアのトランシルバニア地方の城主ドラキュラ伯爵は、死んだ後も人間の生き血を吸ってよみがえり、生け贄を求めて世紀末のロンドンに現われる。

——吸血鬼にしては可愛い。

吉川周平《よしかわしゅうへい》は、散歩中の骨董屋で買ったドラキュラ伯の人形を手にして呟いた。もともとは操《あやつ》り人形だったらしいのだが、操るための糸はすでに切れていた。黒いズボンに黒いマントはドラキュラ伯のトレードマークでもある。袖口にレースのついた白いブラウスを着ており、その衿《えり》もとには黒いリボンを巻いている。青白い頬をしているものの、大きく見開いた目にはどこか愛嬌があった。

吉川が横浜の元町あたりを散歩するようになったのは、藤沢から横浜の山元町に越してきてからだ。一年ほど前のことになる。

ドラキュラ伯の人形を買った骨董屋は、元町の通りを少しはずれた路地にあった。店内には西洋のがらくたばかりが集められていた。

ドラキュラ伯の人形はガラスケースの上に無造作に置いてあった。吉川は、すぐに舟木美里《ふなきみさと》のことをおもいうかべた。買って帰ったら彼女が喜ぶかもしれない。美里には怪奇趣味があった。

「おいくらですか」

吉川はドラキュラ伯の値段を訊いた。

「糸が切れていますよ」

店の主人は商売っ気ない口調だった。

「欲しいんですが」

「五千円で」

主人は言い、人形はハンガリーから仕入れたものだとつけ加えた。吉川は、人形とはいえ、ドラキュラ伯爵を買っている自分に妙なロマンを感じていた。

吉川周平はこの夏四十六歳になった。四十二の時、癌で妻を失っている。彼は厄年だった。二人の間には子どもはなく、妻の死後、彼はひとりで藤沢にある家で暮らしていたが、一年ほど前、友人のすすめもあって通勤に便利な横浜へと引っ越したのだ。

勤務先は銀座にある教文堂という文具店だった。銀座では老舗の部類に入っており、店は八階建ての自社ビルの一階から五階までを使っていた。文具の他、画材、工作用品など幅広く扱っている。名古屋、大阪にも支店があり、吉川は銀座本店の店長を務め、重役の末席に名を連ねていた。

彼は埼玉県の川越で生まれ育っている。教文堂で働くようになったのは、子どもの頃からの文具好きもあったが、むしろ家庭の事情のほうが大きい。高校二年の時公務員だった父親が病死し、何かと暮らしむきが苦しくなった。進学を希望したものの、学費のためには何かとアルバイトをせざるを得なかった。彼は昔は夜間部と言われていた大学の二部を選んだ。

教文堂でのアルバイト募集の貼紙を見たのはまったくの偶然だった。友人と銀座に出た折り、何げなく入った教文堂の壁でそれを見たのだ。

面接を受け、すぐに採用された。子どもの頃からの文具好き、さらに加え文具の知識が役に立った。彼は雑談風に質問する数人の売場主任に、江戸初期、オランダ人が徳川家康に鉛筆を献上した話や、明治の中期に眞崎仁六《まさきにろく》という男が日本ではじめて鉛筆の工場生産をはじめたことなどを話した。

「吉川君の言っていた眞崎仁六という人だが、彼が工場で生産した鉛筆が、その後どんな名前になったかわかるかな？」

「三菱鉛筆だとおもいます」

「吉川君。明治の頃、鉛筆を一番よく使っていた職場はどこだったか知ってるかね？」

「たしか、郵便局だったとおもいます」

今にしておもえば、それはどこかのTV局のクイズ番組のようなやりとりだった。

昼間は教文堂で働き、夜は大学に通った。卒業後、彼は正社員に採用されたのだ。

時はめぐり、四十歳で教文堂本店の店長に就任した。彼にしてみれば、これといったこともなく、ただ無心に客と接してきた結果でしかなかった。

舟木美里が教文堂のアルバイトの面接を受けにやってきたのは、吉川が四十四歳の春だった。できるだけ面接に立ち会うことにしていた彼は、舟木美里の履歴書をそれとなく見た。彼女は横浜にあるM女子短大の一年生だった。

「小さい頃から文房具が好きで、大きくなったら文房具屋さんになりたいとおもっていました」

面接で舟木美里ははきはきした口調で言った。吉川は彼女の笑くぼが可愛いとおもった。

「映画を見ていても、文房具のことがすごく気になるんです。森田芳光監督の『家族ゲーム』では、家庭教師の松田優作さんがトンボ鉛筆を使っていました」

吉川は彼女の話を笑みをうかべて聞いた。

今でも忘れられないことがある。彼が舟木美里に話しかけた時に言った彼女の言葉だ。

「わたしも、子どもの頃から君と同じで文房具が好きでね。文具店に入るとなかなか出てこられなくなってね。君の気持はよくわかるよ」

「ありがとうございます。わたし、よく学校から帰った時や、夜眠る前に鉛筆を削ったんです。よく削って芯を尖らせてから眠るんです。ドラキュラが恐《こわ》かったんです」

「ドラキュラ？」

「はい、テレビで古い映画やってて見たんです。小学生の時なんですが、とても恐くて。でも、最後、ファン・ヘルシング博士に正体を暴かれて胸に杭《くい》を打たれて死んでしまうんです。鉛筆をいつも尖らせておけば、ドラキュラが出てきても大丈夫とおもって」

「それも恐いね」

吉川が言い、面接に立ち会っていた売場主任たちがどっと笑った。この子は映画の見すぎだなとおもった。いずれにせよ、彼の頭にはその時のことが妙に残っている。

舟木美里は採用された。大学のこともあり、アルバイトとしての彼女の勤務日は、月・水・金・土の午後三時から閉店の八時までだった。吉川は、なんということはなしに彼女のことが気にかかっていた。時々、それとなく店内を見てまわったりした。彼女は工作用品売場にいた。

「おはようございます」

顔が合うと、舟木美里はさわやかな笑顔を見せた。吉川にとって、彼女の存在は一陣の涼風《りょうふう》のようにおもえた。妻を病気で失って以後、何かもやもやとした暗がりのなかにいた彼は、トンネルの遠くにほのかな明りを見たおもいを感じていた。そのことがふしぎだった。恋心のようなものに違いないのだが、吉川はそれを恋とはおもいたくなかった。ただふしぎな気分ということで自分を納得させていた。

部屋の窓を開けると、どこかで残り蟬《ぜみ》が鳴いた。ネジのゆるんだゼンマイのような声はしばらくして止んだ。

日曜日で、時計の針は午後の三時をまわっている。陽はゆっくりと西に傾いていた。吉川は美里をバスルームに残し、先にタオルで身体を拭き服を着た。バスルームからは彼女が湯を使う音が聞こえた。

吉川が美里を誘うようになったのは、横浜に越してきてからだ。二人は通勤コースがいっしょだった。彼は横浜から根岸線の石川町へと向かい、彼女は横須賀線の戸塚に住んでいた。吉川は、はじめのうち、車中で彼女に何を話していいのか少し戸惑った。美里はよく映画の話をした。怪奇映画やホラー映画が好きだった。スティーヴン・キング原作の一連の映画や、ドラキュラ、フランケンシュタイン、狼男などが彼女の口からぽんぽんととび出した。

「今度、映画に行こうか」

吉川はある時、新橋駅からグリーン車に彼女を誘い、冗談めかして言った。

「ほんとですか。店長と映画見られるなんて」

吉川は彼女の言葉を笑いながら聞いた。

二人で見た映画は、フランシス・F・コッポラ監督の「ドラキュラ」だった。彼には主演のゲイリー・オールドマンの演技がオーバーぎみで辛かった。しかし、美里はそれがいいと言ったので、吉川は彼女に話を合わせることにした。

明らかに二人の世代は違っている。吉川と美里の歳は二十五年もはなれていた。

吉川は彼女との歳の差を気にしたが、美里はあまり気にかけていなかった。そんなところも世代の違いだった。

「店長の奥さんって、どんな方だったんですか？」

ある時、帰りの電車のなかで美里が訊いた。

「どんな人って……、そうだな」

「お店の人に、店長の奥さんのこと聞いたんです。病気で亡くなられたことも」

「うん。まあ、これればかりは仕方がなくてね」

「きれいな人だったんですって」

「いや、そんなことはないよ」

「お子さんいらっしゃらないんですか」

「ああ、いないんだ。もしもいたら君くらいなんじゃないかな」

「店長、さみしい時ってありません？」

「うん、でもこればかりは……」

「店長、運命論の人ですか？」

「いや、論を持っているほどじゃないけど、時々人の人生って生まれた時から決まってるんじゃないかとおもうことがあってね。君は？」

「わたし？　わたしどうかしました？」

「好きな人いるんだろう？」

「店長、突然のマイクですね」

「いやいや、そんなんじゃないんだけど」

「好きな人、いたんですけど……」

「けど……、ていうと？」

「ふられちゃったんです」

「君みたいに可愛い子をふる男がいるのかね」

「そんな……、わたし怪奇趣味ですから」

「そうか、鉛筆尖らせて、相手の胸にぐさりか」

「店長、そんなこと、覚えていたんですか」

吉川は、彼女が何かにつけて自分を店長と呼ぶのには少し困った。しかしこういった呼称の癖はなかなか直らないものだ。

美里のアルバイトは、大学との時間の関係で三カ月で終わった。彼女はその後も時々吉川に電話をかけてきた。

彼は頃合いをみて賭けに出た。美里を横浜のマンションに誘ってみたのだ。

結果は呆気なかった。美里は二十個入りの崎陽軒のシュウマイを持ってやってきた。

二人はソファに並んで酒を飲んだ。美里は紅茶にブランデーをブレンドした酒を数

杯飲んで頬をそめた。吉川が時々寝酒として飲む酒だった。

「このお酒、おいしいけど、なんだか酔いそうです」

美里はその酒をはじめにひと口飲んだ時言った。

「それはね、ドラキュラ伯好みの酒なんだ」

吉川は笑いながら言った。

「わたし牙が生えてきそう」

美里が形のいい唇の間に、ぎいっと白い歯を見せておどけた。

晩秋の早い日暮れが窓の外に迫った頃、吉川は美里を抱きしめてキスをした。彼女の服を脱がせ、自分も形振《なりふ》りかまわず服を脱いだ。性器を結合させた瞬間、彼女は少し辛そうな表情をした。吉川は彼女が処女でなかったことに安堵した。しかし、美里の動きからは、さほどの男性経験は感じられなかった。あたりは夜になっていた。

運動会の帰り道
少年は一本の鉛筆を握っていた

鉛筆は敗北の骨
少年は走ることが苦手だった
競技は敗北がつづいた
帰りにもらったのは参加した印の鉛筆一本だった
母の焼いた栗を食べた
母の包んだお稲荷さんも食べた
競技は敗北がつづいた

運動会の帰り道
少年は一本の鉛筆を握っていた
鉛筆は敗北の骨
少年は鉛筆を何度も空に向かって投げた
鉛筆はトンボになって少年の手にとまった
母の焼いた栗を食べた
母の包んだお稲荷さんも食べた

競技は敗北がつづいた

運動会の終わった夜

少年は鉛筆を削った

勉強のできる子の削り方　勉強のできない子の削り方

ナイフを持つ指先で　鉛筆の木片が笑った

つめたい雨が降っている。耳をすますと、わずかに雨音が耳にとどく。

吉川は冷蔵庫まで歩きミネラルウォーターを飲んだ。つめたい水が、女を抱いた後の喉《のど》の渇《かわ》きをいやしてくれる。

「ねえ、糸あるかしら」

ベッドの上で美里が言った。

「糸、ああ、そのサイドテーブルの引き出しにあるよ」

吉川はサイドテーブルの引き出しに妻の使っていた針箱が入っているのを思い出し

て言った。

美里が針箱から糸巻きを出した。吉川はベッドに寝そべった。さっきまで抱き合っていたので二人とも裸のままだった。

「糸、どうするの？」

「ドラキュラの手足を動かしてみたくなったの」

美里は吉川が買ったドラキュラ伯の人形の手足に糸をつけようとしていた。

「うまくいくかな」

「ほら、手のひらに糸をつける穴があいてるでしょう」

美里は裸の膝の上にドラキュラ伯の人形を置いている。

「そんなところに置いとくと、血を吸われちゃうぞ」

吉川は少し前まで自分の舌が遊んでいた美里の乳房や性器、それに足の指などの感触をおもいうかべた。

「うまくいきそうよ」

「器用なんだな」

「ううん、そうじゃないの。好きな人には夢中になれるの」

「ドラキュラ伯にかな」

「そう、孤独なドラキュラ伯によ」

彼女がドラキュラ伯を、糸を引きながら操った。

「血が欲しいのかしら、目が血走ってきたわ」

美里がドラキュラ伯の人形を、腹這《はらば》いになっている吉川の背中の上でとことこと歩かせた。

雨の音が強くなった。

ひと冬

陽だまりのアメンボウのように
心がずっと遠くのほうでぼんやりと退屈している
アメンボウが水面をすうっと滑り
小さな孤独が揺れる
濁り水に波紋が広がる
すうっ、すうっ、すうっと
アメンボウはどこか悲しい

誠《まこと》が加奈子《かなこ》と出会ってからすぐに冬がきた。

加奈子は貧しかったけれど料理が上手だった。とりわけカレーライスが得意だったので、彼にはそれがうれしかった。誠はカレーが好物だった。

加奈子のアパートはJR線東中野駅から歩いて十四、五分の上高田にあった。外側に鉄の階段のついた、今時めずらしい木造二階建てのアパートだった。月々の家賃は一万五千円、四畳半一間に小さな台所があって、トイレは共同になっていた。

「夏はね、流しにしゃがんで水を浴びるの」

加奈子は笑いながら言った。誠は日ごろ茶碗や皿を洗うセメント造りの流しで、若い裸の女がしゃがんで水を浴びている姿を想像した。

加奈子の両親は金沢市で病院を経営している。兄が一人、妹が一人いて、彼女は真んなかだという。病院は父親と兄がやっているらしい。家は裕福なのだ。

「絵が描きたくて、そしたらみんなに反対されて、だから家出みたいな感じで東京へ来ちゃったの。はじめのうちは少し心配してくれてたけど、今はもう見捨てられちゃった」

彼女は貧しい暮らしにもすっかり慣れたと言った。むしろ楽しいらしい。

「お嬢さん育ちなんだ」

誠は言った。

「そんなことないわよ」

「ほんとの貧しさはね」

「ほんとの貧しさ？」

「うん」

誠は貧しさの話をしようとしたがやめた。貧しさにほんとも嘘《うそ》もない。

加奈子ほどではないにしろ、誠の生活もぎりぎりだった。

大学を卒業して入社した食品会社を三年でやめてしまい、今は釣り舟の手伝いというアルバイトをしている。芝浦から出る東京湾の釣り舟に週三日の決りで乗っているのだが、これには学生時代ヨット部にいた経験が多少役だっていた。

吉祥寺で生まれ、大学教授の一人息子として育った彼も、加奈子同様完全に家庭からは見放されている。

誠が加奈子とはじめて会ったのは、代々木公園入口の路上だった。彼女は路上にビニールのシートを広げ古いガラス瓶《びん》を売っていた。誠は原宿の古着屋で仕事で着るデニムのオーバーオールを買い、渋谷方面へ向かう途中だった。

　彼は立ち止まって、並べられているコカ・コーラやラムネの瓶を見た。ストッパー付きのミルク瓶や健脳丸などという怪し気な薬瓶もあった。

「こういうのどこから仕入れるの？」

　犬を連れた老人が、懐かしそうに古いソーダ瓶を手にして訊いた。

「ハワイの森とか」

「ハワイの森？」

「ええ、あまりくわしくはわからないんですが、昔、町や農場があって、今はもう誰も住んでないような森が、ハワイやオーストラリアには多いらしいんです」

　加奈子の説明は要領を得なかったが、どうやら業者が過疎化された町へ出かけ、見つけてくるようだった。並んでいるのはなんの変哲もない古瓶だが、アンティークとしての値段は安くはなかった。

　誠は、かつてヨット仲間のアメリカ人にもらったカナダドライの瓶のことをふと思い出した。

「古いカナダドライの瓶があるんだけど、ここで買ってもらえますか？」

誠は言った。

「今、持ってるんですか？」

「いえ、うちにあるんだけど」

「古いって、どのくらいかしら？」

「たぶん一九五〇年代。四〇年代かな」

「もし代官山の事務所の方に持ってきてもらえたら」

「代官山？」

「ええ、今地図と電話番号書きますから」

誠はついでがあったら電話すると言ってその場を去った。

加奈子は長い髪をポニーテールに緑色の輪ゴムで留め、コーヒー色のベースボール・キャップをかぶっていた。黒目がちの澄んだ目をしていた。

二週間ほどして、誠は加奈子が教えてくれた代官山の事務所に電話を入れた。電話には彼女本人が出た。

「例のカナダドライの瓶、今持っているんですけど」

誠は言った。

「あ、あの時の人ね」

彼女はそれだけ言って、電話は経営者らしい男に替わった。

夕方、誠は加奈子のいる代官山の事務所に出向き、カナダドライの古瓶を一万円で買ってもらった。おもいがけない値段がうれしかった。事務所は、倉庫のようなところで、古瓶や古い空缶、その他のがらくたに埋まっていた。加奈子はアルバイトで、そういった商品を路上で売っていたのだ。

誠は仕事が終わって帰るという加奈子といっしょに事務所を出た。代官山の駅へと歩いた。

この日、この冬の木枯し一号が吹いた。

「寒くなったね」

「そうね、もう冬ね」

「もしよかったら、何か温かいもの食べませんか」

「ほんと？」

「お酒飲めます？」

「好きよ」

「じゃあ、おでんかな」

「うれしい」

カナダドライの古瓶のお金を全部使えばおでんを食べて、お燗《かん》した酒が二本ずつくらいは飲めるだろうと誠はおもった。二人は駅前の縄暖簾《なわのれん》をくぐった。

「ハワイの森で古い瓶を仕入れるって話」

「ああ、あの時の話ね」

「どうしてハワイの森？」

「ううん、ハワイじゃなくたって、昔、農場や工場のあったようなところって、流れの労働者がやって来て、いろんなものを捨ててったらしいのね。それを掘り起こして」

「土のなかから古い瓶を？」

「そう」

「よくあんなにきれいになるね」

「ほんと。外側は布でよく拭いて、なんでも内側は散弾銃の弾で磨《みが》くんだって」

「散弾銃の弾？」

「そう、それが細かくて小さくて一番いいらしいの。漏斗で散弾銃の弾を瓶のなかに入れて、口のところを指で押えてよく振るんだって。きれいになるまで何度も何度も振るらしいの」

「いろいろ考えてるんだな」

「そうね。いろいろとね」

二時間ほどして二人は駅で別れた。木枯しが音をたてて吹いた。加奈子が首に巻いたマフラーを押えた。誠は翌日早朝に出る釣り舟と風のことをおもった。インディゴ・ブルーの空で、月が皓々《こうこう》と輝いていた。

木枯しがすねた素振りで吹きつける
大人になりきれないでいるから

好きな人にもつめたい風を吹きつける
桃色の羽毛を持っているくせに
それを見せようとしない
夜の空は暗く澄んでいる
ねじれ飴《あめ》が欲しいといって泣く
ひゅう　ひゅう　ひゅうと
木枯しはどこか悲しい

夜ふけに白いものが動いた。誠は薄く目を開けた。台所で加奈子が裸のまま立っていた。ほの白いアウトラインが、エア・ブラシを使ったようにぼやけている。加奈子は白いホーロー引きの洗面器を前にしゃがんだ。じどじどじどじどと音がして湯気が立ちのぼった。加奈子は何かを思い出している表情をしていた。音が止んだ時、小さくくしゃみをした。肋骨がひきつった。

誠は目を閉じた。加奈子がベッドに入って来た。ひんやりとした肌が心地よかった。

誠は寝返りを打って彼女に背を向けた。つめたい乳房が彼の背なかをいじめた。夜明けは近づいていたけれど、まだあたりは闇のなかにあった。

誠はぼんやりと日ごろのことをおもう。

「寒いね」

「すごく」

外から部屋にもどり、二人はストーブが部屋を暖める間、小さなベッドで抱き合った。風呂に行くのが面倒くさいからと、やかんで沸かした湯でお互いの身体を拭いた。加奈子の性器はいつも汚れていて、誠はいつも湯に浸したタオルで丹念にそれを拭《ぬぐ》った。

貧しい関係は、むしろ人間を本能的にする。

誠はこの冬二十六になり、彼女は一歳年上だった。

誠は時々はじめて加奈子のアパートを訪ねた日のことを思い出す。驚いたのは、彼が売ったカナダドライの古瓶が彼女の部屋にあったことだ。

「あれは？」

「驚いた？」

「どうしてここに？」

「万引してきたのよ」

「最高だね」

「今はわたしのものよ」

「またどこかに売りに行こうか」

「駄目よ、気に入ってるんだから」

その日、誠は彼女の作ったカレーライスを食べてビールを飲んだ。その後、ラジオから流れるビル・エヴァンスのピアノを聴きながらセックスをした。

「こんなことってあるんだ」

「何が？」

「路上で会って……」

「うん」

「わたし古瓶を売ってて……」

「うん」

「カナダドライの古瓶売りに来て……」

「おでん食べて」

「そう……」

「木枯し一号が吹いて」

「わたし万引しちゃって」

「うん」

二人は眠りに落ちていった。


新しい年がきて寒い日がつづいた。強い西風が吹き、釣り舟は休みの日が多かった。そんな時、誠は舟の掃除や釣り具の整備などをした。変わったところでは、友人が編集をしている釣り雑誌に原稿を依頼されたりしたことだった。釣り舟の現状といった地味なコラムだったが、彼の原稿はそれなりに喜ばれた。誠にとって新しい生活の展開だった。


加奈子はアパート近くの喫茶店でウェイトレスのアルバイトを見つけてきた。

「ランチタイムにカレー作ったの。そしたらそれがすごくうけて」

加奈子はそんなことを言った。

「流行《はや》るんじゃないかな」

「だったらうれしいわ」

「カレー屋さんできるかもね」

「すごいわ」

「すごいね」

「チェーン店なんてできたりしてね」

「金持ちになるな」

「どうしましょう」

「どうする」

「そうね」

加奈子は鼻の頭に人さし指を当てて考え込んだ。

「わたし……、可愛い男の子欲しいわ」

「男の子？」

「そう、少年」

「少年を買う？」

「そう、そして毎晩彼を抱いて寝るの」

誠は加奈子なら本気でそうするかもしれないとおもった。

明け方の近いまだ暗い夜の、加奈子のあのことがうかんだ。その時刻、彼女は決まって目を覚ます。ホーロー引きの洗面器に、ほとばしる女の放尿の音が響く。じどじどじどと、音のなかに生臭い湯気が立ちのぼる。眠気から覚めきらない誠の耳に、それは凍てついた空気を溶かす冬の音としていつまでも残った。

二月に入って最初の日曜日、東京は朝から雪だった。午後になり、街は白一色に染まった。

誠はアパートでTVを見ていた。彼の大森のアパートは、以前は三人のイラン人が住んでいたという。こんな狭い部屋で彼等は三人で暮らしていたのだ。壁にペルシア語の落書きがある。もちろん意味はわからない。淋し気な文字だった。

夕方、雪が止んで加奈子から電話があった。アパート近くの公衆電話からだった。

「きれいよ」

加奈子は雪のことを言った。

「うん」

誠はそれだけ言った。

「雪が降ると春が早いんだって」

「だったらいいけど」

「でも冬好きよ」

「うん」

「寒いから好き」

「会いたいな」

「そうね」

「会いたいよ」

「わたしもよ」

二人は電話を切った。会いたいと言ったけれど誠は加奈子に会わなかった。

一週間ほどして東京の雪はすっかり溶けた。春めいた日がつづき、誠は釣り舟の仕事などで忙しかった。根っからの漁師気質を持つ船長の人柄《ひとがら》もあってか、彼はこの仕事がすっかり気に入っていた。

加奈子の方も例の喫茶店での仕事が波にのっているらしかった。

二人は時折り電話で話し合ったが、会えないまま日がすぎていった。やがて加奈子からの電話がぷっつりとと絶《だ》えた。

三月に入り、東京の空はすっかり春の色になった。

その日、春一番が吹き、誠は海に出なかった。彼の足はこれという目的もなく加奈子のアパートへと向かっていた。

誠はアパートの階段を上った。いつもつめたい風が吹きつけていた階段だった。ドアをノックした。加奈子の返事はなく、ドアを開けたのはフィリピン人らしい若い女だった。誠は用件を言った。若いフィリピーナは黙ったまま首を振った。

それから五年がすぎた。誠は加奈子がカレーライス店で金持ちになったということは誰からも聞いていない。もしかしたら、金持ちになって、ほんとうに少年を買ったのかもしれない。誠は裸の少年をベッドで抱いている加奈子をおもいうかべ、あのカナダドライの古瓶はどうなっただろうとおもった。

義仲という自転車

雨に濡れて枇杷の産毛《うぶげ》が光っている。昨日、町はずれの県道で大原千恵子一座の車に出会った。あんなによく晴れていたのに、今日は朝から雨だった。

大原千恵子一座は毎年六月になるとやって来る旅芸人たちだ。なにも雨期に入る六月に舞台を張ることはないのだが、冬の花栽培のために五月には田植えを終えるT町の農家などでは、六月はひと息入れる季節だった。一座は港近くの古い木造の倉庫を利用して舞台を掛けた。

ぼくは勉強部屋と称して使っている蔵の二階で雑誌を読んでいた。瓦をはずして改造してもらった天窓に夏蜜柑《みかん》の枝がたれている。

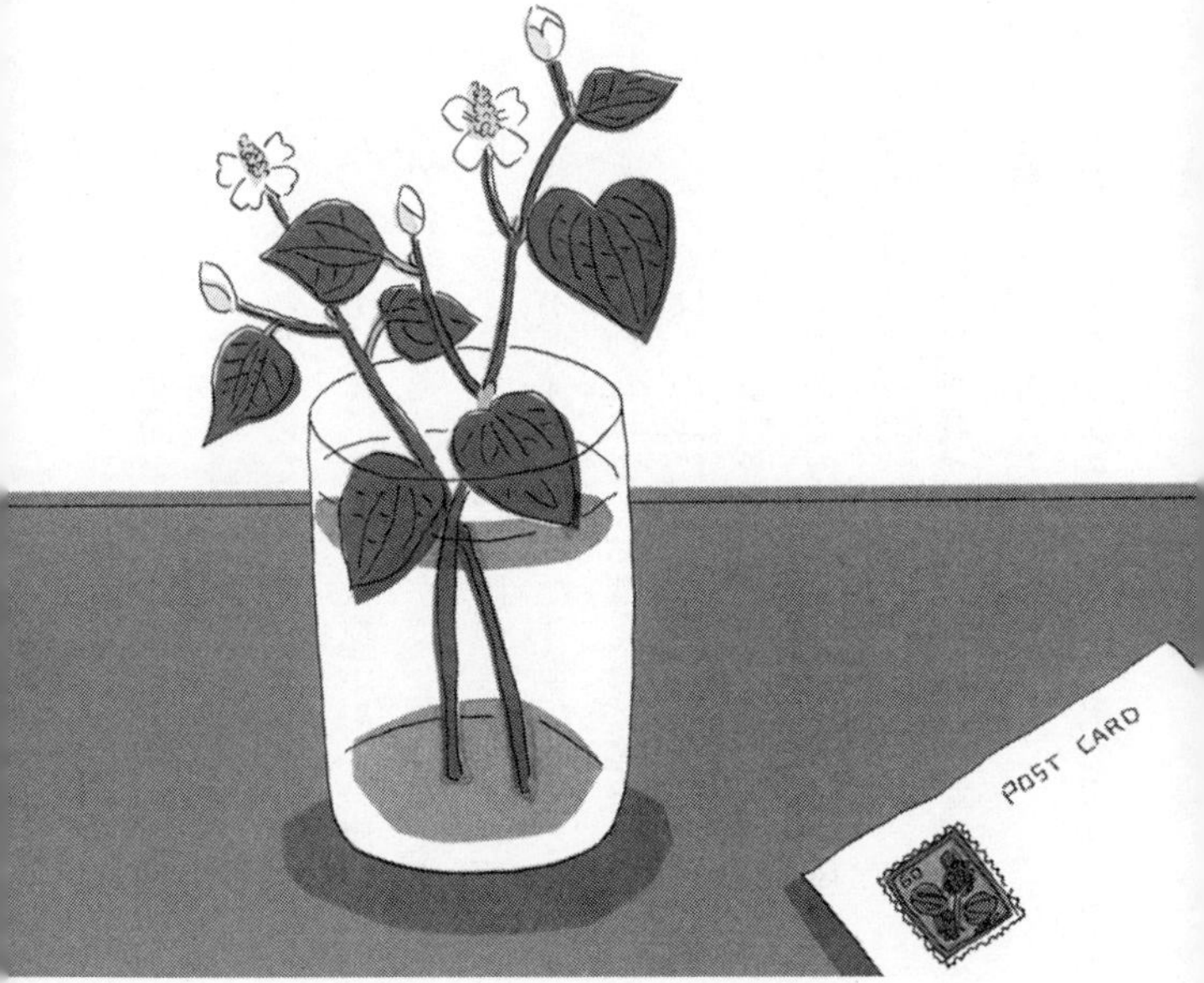
POST CARD
60

机の引出しの奥から、隠しておいた新聞を出した。数か月前のNタイムスで、天窓の工事に来た大工職人が捨てていったものだ。野球選手や映画スターの写真に混って女の裸の写真が載っている。乳房を震わせている身ぶりに息が詰った。

遠くで華やいだ声がした。歌声もする。それは大原千恵子一座の車が町のなかを宣伝して走っているのだとすぐにわかった。雨のなかで、華やいだ声はくぐもって聞こえてくる。ぼくは裏庭に面した窓を薄く開けた。雨の音がした。雨の音は夏蜜柑や枇杷の根本にあるツワブキの葉の方から強く聞こえた。まだずっと幼かった頃の冬の夜、ぼくはツワブキの葉に落ちる夏蜜柑の音によくおびえた。寝室とはずっと離れている裏庭の音が、どうしてあんなにもぼくの耳に響いてきたのだろうか。手応えのない、それでいていつまでも耳の奥から消えない音だった。

納屋に使っている小屋のまわりに毒ダミの花が咲いている。納屋のトタン屋根から、雨の雫が細いガラス棒になって落ちた。

義仲《よしなか》のことを思い出した。義仲は父が買ってくれた三輪車で、それが最後のプレゼントになった。父は義仲を買って間もなく病に倒れた。

三輪車に義仲と名付けたのは、それが父の騎兵だった時の愛馬の名前だったからだ。

義仲は源平合戦の武将で、倶利伽羅《くりから》峠で平家の大軍を打ち破った木曽義仲からきているると母から聞かされた。平家を都落ちまでに追いつめながら、一族の頼朝や義経に近江粟津口《あわづぐち》で討たれた悲運の武将を父は好きだったという。

義仲は裏庭の納屋のなかに埃だらけで蹲《うずくま》っていた。それをはじめて目にした時、まだ幼かったぼくは胸が裂けるほど狂喜した。しかし義仲のペダルは動かなかった。

父が義仲を買ったのは太平洋戦争の末期だった。当時ぼくは病気静養のため南房総のT町に母と二人でいた。義仲はT町に送られる直前、東京で激しい空襲にあった。父が焼けた家の跡から義仲を見つけた時、すでにペダルは動かなくなっていた。それでも父はあきらめきれなかったらしい。動かないままの義仲をT町のぼく宛に送ったのだ。建築家だった父は、自身すでに胸を病んでおり、医師には転地療養をすすめられていたという。そのあたりのことはすべて母から聞いた。

義仲はいつも裏庭に置きざりにされていた。ぼくは時折りそんな義仲に乗って遊んだ。いくら踏んでも義仲のペダルは動かなかった。毒ダミの茂る裏庭にぽつんと置かれた義仲は、ぼくに世のなかに叶《かな》えられないことがあることを教えてくれた。義仲はすでに死骸だった。風に晒《さら》され、雨に打たれ、義仲は錆びついてやがて腐っていった。

雨は二日間降りつづき、土曜日の午後になってやんだ。日曜日の早朝、ぼくは母の使いで港近くの酒店に酢を買いに自転車を走らせた。自転車は東京にいる叔父が新学期の始まりに自分の古いのを送ってくれたものだった。ぼくは小学校の四年になっていた。自転車にはまた義仲という名前を付けた。二代目の義仲になる。

右手でふろしきに包んだ酢のびんを持ち、左手でハンドルをさばいた。酒店の前にも、港近くの電柱にも大原千恵子一座のポスターが貼ってあった。ポスターの中央にいる細面の吊り目の女が座長の大原千恵子らしかった。雨に濡れてゆがんだ顔が泣いているように見えた。

まだ大原千恵子一座の芝居は見たことがなかった。一座の芝居のことは、学校でよくみんなが話しているのを聞いた。国定忠治《くにさだちゅうじ》や月形半平太《つきがたはんぺいた》などといった演《だ》し物があるらしい。見に行きたいとおもったが、母があまりいい顔をしなかった。

港近くの細く曲りくねった路地を義仲で走った。こういった道を走るのは得意だった、三〇センチの魔術師などと自分で言っていた。三〇センチほどの道幅さえあればどんなに道が曲りくねっていても急勾配な坂道でも走る自信があった。

「馬鹿なまねはよしなさい。曲馬団に入るわけじゃないんですから」

いつか両手をハンドルから離して乗る、ぼくたちの言葉で言う手ばなしをしているところを母に見られそう嘆かれた。

大原千恵子一座の公演場所になっている倉庫には数本の幟《のぼり》が大漁旗のようにはためいていた。そっちの方へとハンドルを切った。水平線から上った太陽がかなり強く照りつけていた。倉庫は逆光で黒い四角い塊に見えた。幟が風ではためくたびに海からの光がちらちらとまばたいた。

倉庫の前でブレーキを引こうとした時だった。自転車のタイヤが小石を踏んだ。一瞬、身体《からだ》が義仲ごと左側に大きく倒れ込んだ。

右手で酢のびんを抱えたまま叫びそうになった。その時、横合いから誰かが義仲とぼくの身体をがっしりとささえた。

「大丈夫か坊主」

髭面《ひげづら》の大男が言った。男は今起きたばかりといった顔をしていたが、ランニングシャツから出た自転車をささえた腕には筋肉がうねっていた。

「このあたりは小石が多いし、道もぬかってるから気をつけないとな」

男はそう言いながら傾いた義仲を乗っているぼくといっしょにもとにもどした。自転車を降りて男に礼を言った。

「坊主、芝居好きか?」

男はいかつい目付きで訊いた。それから両手をぶるんぶるんと振った。ぼくは黙ったまま頷いた。

「見に来い。俺の名前言ったら無料《ただ》で入れてやるぞ」

男は言った。

「お金払って見に来ます」

自転車で転びそうになったのを救ってもらったこともあり、無料で芝居を見るわけにはいかなかった。男は顎《あご》の無精髭《ぶしょうひげ》をさすりながらじっと睨《にら》むようにぼくの顔を見た。

「坊主、なかなか感心だな。気にいった、無料で見せてやるぞ、いつでも来い。俺の名はベンケイだ」

男は自分の名前をベンケイと言った。

「ベンケイって、あの牛若丸と弁慶のベンケイですか?」

ぼくは男に言った。男は「そうだ」と言って胸を張った。

「今夜見に来ます」

　ぼくは弁慶さんが好きになっていた。自転車の義仲のことを話したかったがそれは口にしなかった。ぼくは自転車のペダルに足をかけた。

「ああ、坊主ちょっと待ってくれ、頼みがあるんだ」

弁慶さんが言った。彼は芝居小屋になっている倉庫のなかへ入って行くと、赤い小旗を一本持ってあらわれた。彼のあとから赤い長襦袢《ながじゅばん》を着た若い女がついてきた。女は流し目でぼくを見た。

「弁ちゃん、なにやってんのよ」

　女が弁慶さんに言った。

「なんだムツ、小屋のなかに入ってろ。早いとこ舞台の仕度するんだ」

弁慶さんは女を叱るように言うと、手に持っていた小旗を義仲の荷台に差し込んだ。小旗には「大原千恵子一座」と墨文字で書かれていた。

「宣伝してくれや」

　弁慶さんはちょっと照れくさそうに言った。

庭に止めた自転車の荷台を見て母は顔をしかめた。

「あなたはいつから旅役者さんの宣伝屋になったのですか」

母は自分に嫌なことがあると、奇妙に言葉が丁寧になる。ぼくは自転車で倒れそうになったことや弁慶さんのことを言った。そして今夜芝居を見せてもらうことなども話した。母は船宿の郁坊《いくぼう》といっしょにという条件でしぶしぶ芝居見物を聞き入れた。

船宿の郁坊は中学二年生だった。水泳部ではバタフライの選手として鳴らしている。町のスター的存在であり、ぼくの自転車乗りの先生でもあった。日頃は郁坊という愛称で親しまれているが、本当は早川郁夫《はやかわいくお》といった。

午後、ぼくは義仲に乗って船宿の郁坊を訪ねた。玄関の引き戸を開けると、帳場で郁坊の父親が誰かと碁を打っていた。

「郁夫さんは？」

ぼくが言うと、郁坊の父親は山牛蒡《やまごぼう》のような指で調理場の方を指さした。郁坊の父親は若い頃、名船頭だったと聞いていた。波に揉まれた大きな手には潮の匂いがあった。彼の指がぱちりと碁石を打った。碁石の白さが痛々しかった。

「よう、なんだ？」

調理場に行くと、郁坊は鯖《さば》に包丁を入れていた。郁坊の鼻の下には、うっすらと口髭が生えている。

「あの、今夜芝居にいっしょに行きませんか」

ぼくは言った。

「芝居？」

郁坊は包丁で鯖の尾びれをすとんとちょん切った。

「芝居って大原千恵子か？」

彼が訊いたのでぼくは「そうです」と言った。それから弁慶さんとの話をした。

「招待か。うん、いいなあ、行こう。招待ならいい」

郁坊は包丁を鯖の腹に刺し込み、器用に腹わたを抜き出した。

「あれ、ちょっと待てよ。大原千恵子って言えば、来週、関谷《せきや》の功三《こうぞう》さんの結婚披露宴をうちの二階でやるんだけど、たしかあの一座が余興で呼ばれてたぞ。結婚式にはお前んとこのおっ母《か》さんも出るんじゃないか」

郁坊はそんなことを言った。ぼくにはそのことはわからなかった。

「鯖持ってくか。塩をふって二、三日干してから喰うと旨いぞ。昨日はいっぱい捕《と》れたんで鯖節にしてるんだ」

夜の約束をして帰ろうとした時郁坊は言った。この土地では鰹節と同じように鯖で鯖節を作る。

「義仲の調子はどうだ」

郁坊は船宿の玄関までついて来て言った。

「手入れだけはちゃんとしてます」

ぼくが言うと彼は義仲のサドルをぽんぽんと叩いた。彼の身体から魚の匂いがして、それが郁坊に似合っているようにおもえた。

「俺はそのうち、この船宿の前で魚屋やるんだ。いい魚屋にするぞ」

彼はよくそう言っている。

夕方になって気温が上がり蒸し暑くなった。ぼくたちは港の漁業組合の事務所前の大きな蘇鉄《そてつ》の前で待ち合わせた。大原千恵子一座の開演は夕方の六時だった。ぼくと郁坊はその三十分前に倉庫に着いた。木戸銭を払う窓口にはぎょろ目でおでこ頭の男がいた。ぼくは自分の名前を言い弁慶さんのことをつたえた。おでこ頭は、ぼくたちに裏口にまわるようにと言った。

裏口は海に面している。荒い太平洋の波が梅雨時のたれさがった雲の下で岩を嚙んでいた。ぼくたちは裏口に立ったまま海を見た。

「よう、来たか来たか」

裏口の木戸が開いて顔を真白く塗った大男があらわれた。

「真白なんで誰だかわかりませんでした」

ぼくは郁坊を弁慶さんに紹介しながら言った。

「入れ、入れ、楽屋はがたついてるけどな。まあ入れ」

弁慶さんは気さくにぼくたちをなかに入れてくれた。

楽屋に通された。ぼくも郁坊も慣れない場所にとまどった。今夜の演し物は「名月赤城山、国定忠治」という題目になっている。狭い楽屋の真ん中で国定忠治の衣装を身に着けた女が座長の大原千恵子らしかった。まだ鬘《かつら》を付けていない頭が異様だった。ぼくたちの居場所はどこにもなかった。楽屋はひどく散らかっていた。あちこちから椿油が匂った。座長の足もとで彼女の足の裏をさすったり揉んでいる女がいた。朝、弁慶さんといっしょに小屋から出て来た赤い長襦袢を着たムツと呼ばれた女だった。

「開演十分前ですよ」

そう叫ぶ声がして、楽屋に入って来たのはさっき木戸口にいたおでこ頭の男だった。

「今夜も頑張っていきましょう。おひねりは山分けですよ。お忘れなきよう」

おでこ頭は愛嬌をふりまいた。彼は身長一三〇センチほどの小男だった。

「おムっちゃん、頑張ってね」

おでこ頭はそう言うと座長の足を揉んでいる女の赤い長襦袢の裾をさっとめくった。女は嬌声を上げて腰を振った。ぼくと郁坊はおもわず目を合わせた。女の露出した尻は酒饅頭のように白かった。

芝居は国定忠治を中心に、ほか数人の手踊りだった。流行《はや》りの歌謡曲などに合わせて派手な着物姿の男と女がひと組になって踊りを見せた。変ったものと言えば、弁慶さんの演じた力自慢だった。彼は自分の腹の上に二つの米俵をのせ、さらに木臼《きうす》をのせた。その上でムッという赤い長襦袢の女が半裸で餅を搗《つ》くのだ。杵《きね》を振ると女の乳房がぷるんぷるんとゆれた。相撲取りの鬘をつけ、白く塗った弁慶さんの顔が力みで桃色に染った。

「あの力持ちはなあ、大学出らしいのう。なんでも砲丸投げの選手だったたっていう話だ」

うしろの方で誰かが言った。倒れかかった義仲とぼくを、両腕で抱え込んだ時の弁慶さんがうかんだ。

芝居がはねると、外は雨になっていた。小屋のなかの人いきれから逃れ、雨のつめたさが頬に心地よかった。ぼくは裏口にまわって弁慶さんに礼を言った。

「気に入ったらいつでも来なよ」

弁慶さんは裏木戸までぼくを送ってくれた。

「おう雨か。梅雨に入ったな」

別れる時、弁慶さんは暗い海を見て言った。

ぼくと郁坊は雨のなかを歩いた。

「赤城の山も今宵かぎりか。でもあの餅搗きの女すごかったよ。やっぱりおっぱいってエロだなあ」

郁坊は大人びた表情で言った。

「本当にあの臼のなかに餅があるのかしら」

ぼくは言った。

「ばーか。餅はあの女さ」

郁坊はぼくの頭をこつんと小突き、「よーし、やるぞ」といってバタフライを泳ぐように両腕を回転させた。

「ばしゃっ、ばしゃっ」

彼は腕を回転させながら走り出した。ぼくは郁坊のあとを追って走った。


母に代理で結婚式に出てくれと言われたのは週の明けた火曜日の夜だった。それは郁坊の言っていた関谷の功三さんの結婚式だ。関谷の功三さんは駅近くのたばこ屋の次男で、T町から二つ目の駅にあるK市のデパートに勤めていた。

「座っていてくれたらいいんだから。披露宴も船宿の早川さんのところだし、郁夫さんにもよく頼んでおきますからね」

母は言った。ぼくは結婚式の披露宴に大原千恵子一座が余興で出ると言っていた郁坊の言葉を思い出した。

「出席するよ。途中で帰るかもしれないけど、出来るだけずっといるよ」

ぼくは母に言った。

結婚式の日は生憎《あいにく》のざんざん降りの雨だった。六月の花嫁は一番だと世間でよく言われている。そのことはぼくにはよくわからなかったが、雨降りのなかの花嫁姿はどこか散りしきる桜吹雪をおもわせた。

ぼくは死んだ父の着物を母が仕立て直して縫った大島紬の着物を着て出かけた。母が頼んでくれたのか、披露宴のぼくの隣に郁坊が座ってくれた。着物の袖から父が匂う。そんな気分になった。父のことはほとんど記憶になかった。

披露宴は港町特有の野性味をおびた宴に展開した。時間が押すごとに呑めや歌えの騒ぎが高まった。大原千恵子一座がどっと乗り込んで来たのは、まさに宴たけなわの頃だった。

「関谷の功三さんち、大原千恵子一座の後援してるんだ」

郁坊が耳うちした。

ぼくは大原千恵子一座のなかに弁慶さんがいないことが気になっていた。

「おい、あれやれや、トンコ節だ、トンコ節」

赤い顔をした老人がしわがれた声で叫んだ。一座の一人らしい年増女が三味線と撥を握った。

「はい、今夜はまことにおめでたい席にお招きいただきましてありがたく存じあげます。大原千恵子一座、しっかりと席を盛りあげさせていただきます」

宴の中央に正座した座長が、花婿花嫁の前でにぎにぎしい挨拶《あいさつ》をした。

「はい、ではトンコ節行きましょう。踊りまするのはわが座の美女、ムツ姫嬢でございます」

〽あなたにもらった帯留めの、達磨の模様がちょいと気にかかる——

三味線をひきながら年増女が歌った。ムツ姫と呼ばれたのは、弁慶さんの上で餅を搗いた女だ。女は踊りながら着ている着物を脱いだ。みんながどっと囃《はや》し立てた。ぼくは人に酔っていた。

「あの女さ、少しここがおかしいらしいよ」

睡魔に襲われつつあったぼくに、郁坊が自分のこめかみを指で突きながら言った。

「喉が渇《かわ》いた。水を飲んでくる」

ぼくは眠気を覚ますために台所へと行った。台所では手ぬぐいを姉《あね》さまかぶりにした手伝いの女たちがお茶をすすりながら世間話をしていた。

土間に下り、ひしゃくで瓶《かめ》の水を飲んだ。武者窓から降りしきる雨が見える。窓に顔を寄せた。港の広場で外灯が光っている。光の下に濡れそぼる自転車が一台あった。

ふと裏庭の毒ダミのなかで錆びていった三輪車の義仲をおもった。

明け方、ぼくは火事を知らせる半鐘の音で目覚めた。消防自動車のサイレンが港の方へと流れていった。


うっとうしい雨がつづき五日後にやっと晴れた。ぼくは義仲に乗って港の倉庫の焼け跡へと走った。潮風にのって焦げた木材が匂った。一座が舞台に使った倉庫は消し炭になって黒く土に沈んでいた。義仲に乗って焼けた倉庫の跡をくるくるとまわった。一座がその後どこへ行ったかはわからない。しばらくして、火を放ったのは弁慶という男だという噂が流れた。

義仲を走らせながら海を見た。海は納戸《なんど》色をしていた。うねる波が、いかつい弁慶さんの肩みたいだとおもった。

とうもろこし畑を走る

　裏庭の木戸を抜けて海へと下る小道を行くと、右手にうずくまる水牛のような兵舎の丘が見える。七三郎《しちさぶろう》畑は、その丘の下に広がっていた。漆黒の空に星がゆれて見えた。波の音が胸をしめつけた。自分を包んでいる闇が一枚一枚とめくれていく。

「夜、とうもろこし畑に行ってはいけませんよ。夜のとうもろこし畑にはおばけが出ます」

　母はよくそんなことを言った。

　七三郎畑は約半町歩（一五〇〇坪）ほどあり、母はそこで夏の野菜などを栽培していた。ほとんどはとうもろこし畑だった。どうして七三郎畑と呼ぶのかは、母に訊いてもわからなかった。もしかしたら、大昔、七三郎という人の畑だったのかもしれない。

ぼくは七三郎畑の真ん中を突き抜ける細い農道にうずくまるようにしゃがみ込んでいた。風でとうもろこしの葉がさわさわと騒ぐ。山の方から海の方から暗幕のような闇が風にのって渡ってくる。ぼくは室町幕府のやって来るのを今か今かと待っていた。

「夜、とうもろこし畑に行ったらさ。すげえんだ。あれはおばけだな。とうもろこしがさ、すごい牙をむき出しにしてバッタやイナゴを喰ってるんだ。ばりばり音たててさ」

室町幕府も言っていたとうもろこしのおばけをぼくも見たかった。

「ほんとに、とうもろこし畑におばけがいるの?」

「見たことないのか、じゃあ今度つれてってやる」

室町幕府はそう約束してくれたのだ。そして今夜、ぼくは約束の七三郎畑で彼らのやって来るのを待っている。

当時、ぼくは母と二人で房総半島の南端にあるTという海辺の町で暮していた。病気を治すため、三歳でこの町にやって来てそのままT町の小学校に入学した。二年生になり、身体も健康に向かっていた。

　室町幕府の家は、ぼくの家から歩いて五分ほどのところにあった。戦後、伊豆の大島から越して来た家族で、港近くにある網元の納屋を借りて住んでいた。家族は祖母と母親と、中学生になる姉が一人、そして彼ら兄弟が室町幕府だった。父親は太平洋戦争末期、硫黄島《いおうとう》で戦死したと聞いていた。

　室町幕府は、今年五年生になる双子の兄弟だった。兄は足田《あしだ》一義《かずよし》といい、弟は義昭《よしあき》といった。はじめ彼らを室町幕府と呼んだのは学校の先生らしかった。二人の名前が、どこか室町幕府の歴代の将軍に似ていたからだと言うが、ぼくにはまだそのあたりの歴史はわからない。面と向かっては口に出せなかったが、ぼくも仲間どうしでは足田兄弟を室町幕府と言っていた。

「おい、お前んとこの母ちゃん、昨日うちに来てたぞ」

　学校の帰り、同じ顔をした二人に声を掛けられたのは小学校に入った二学期のはじめだった。そのことを家に帰って母に話した。

「あの二人はね、双子なんですよ」

　母は笑いながら言った。双子というものが、同じ顔して一度にいっしょに生れてくるのだということをはじめて知った。母は東京にいる姉たちの着なくなった洋服を、時々室町幕府の姉にゆずったりしているようだった。

父はぼくがこの町に来てまもなく病気で死んだ。父のことはまだ小さくて記憶にない。室町幕府も戦死した父のことは知らなかった。彼らがなにかとぼくを気づかってくれたのも、そんな母子家庭どうしのいたわりだったのかもしれない。室町幕府のいることで、学校でいじめられることもなかった。ぼくは病気ばかりしていたが、彼らはスポーツ万能で、運動会では二人ともリレーの選手だった。

七三郎畑のなかで、ぼくはまだ室町幕府を待っていた。とうもろこしの穂が海に向かって手を振っている。夕食のあと、母には友だちのところで宿題の話をしてくると言って家を出た。そのため夏休み帳を持っていた。夏休みに入ってあまり日はたっていない。夏休み帳をめくると、ぷーんと印刷の匂いがした。この匂いを嗅ぐと、いつも東京にいる姉たちのことがうかんでくる。姉は時折り本や雑誌を送ってくれた。包みを開いた時の、それと同じ匂いだった。

とうもろこし畑の横手から兵舎の丘へと上った。この丘には太平洋戦争末期、日本軍の兵舎があったという。まだ幼かった頃、母はぼくを連れて何度かこの兵舎に来たことがあると言うのだが、よく憶えていない。丘からは町が一望できた。港の堤防の突端で、熟れたホオズキのような光が点滅していた。それは思い出せそうで思い出せない自分の記憶の突端に似ていた。

ふと父のことをおもった。まだもの心ついたかつかないか、そんな頃だった。ぼくは男の腕に抱かれて海を見ていた。波がうねっていて、ぼくはそれが怖かった。時々うねりから顔をそむけた。男は高い位置に立っていた。あの時の男がぼくの父親だったのかもしれない。そしてぼくが見ていたのは、このとうもろこし畑だったのではないか。

家の屋根すれすれに光が走ってくる。それは県道を行く最終バスのライトだった。バスは夜の集落を引き裂いて西の方へと消えていった。丘を下りた。畑のとうもろこしは自分の背丈より高かった。風が吹いてとうもろこしの葉が頬にふれた。ひたっとした冷たい肌ざわりだ。足を早めた。また風が吹いた。ぎしぎしと茎の擦《す》れ合う音がした。室町幕府の言っていた、とうもろこしのおばけがイナゴやバッタをばりばりと齧《かじ》るという話がうかんだ。ぼくは夢中でとうもろこし畑を走り抜けた。

約束を破った室町幕府を、数日うらんですごした。海に行っても海女《あま》小屋のある入江で一人で遊んだ。海女たちはみんな親切で、よく獲ったウニなどを焼いてくれた。盆が近づき波の音が高くなった。目が覚めると西の縁側の無花果《いちじく》の枝で油蟬《あぶらぜみ》が鳴いていた。無花果は大きな葉をからみ合わせていて、蟬の声はその葉のなかから聞こえてきた。

その日、久しぶりに港口で泳いだ。港口を渡り、コンクリートの堤防で腹這《はらば》いになっていた。港口は船が通るので、三メートルほどの深さで川のようになっている。堤防で甲羅干《こうらぼ》しするためには、十メートルほどの港口を泳いで渡らなければならなかった。港口を渡るということが、この土地では泳げる証だった。

遠くで誰かが名前を呼んだ。ぼくは堤防から身体を起し声の方を見た。カジメ島の方で誰かが手を振っていた。強い陽ざしを浴びて彼らの身体の半分が影になって見えた。

ぼくは堤防の先端へと走った。カジメ島の上で、室町幕府が手を振っている。カジメ島のうしろは波乗りのポイントになっていて、数人の波乗りしている姿が見えた。

「おーい、こっちに来いよう」

室町幕府は叫んでいる。ぼくはまだカジメ島までは泳いだことがなかった。一〇〇メートル以上はあるし、途中にうねりのあることも聞いていた。ぼくは「こっち、こっち」と彼らを呼んだ。二人が影になって海にとび込んだ。

「この前は七三郎畑に行かねえでわるかったな。ばあちゃんが急に腹痛《はらいた》おこして、医者呼びに行ったらおそくなっちゃって」

堤防に上がって来た室町幕府は言った。二人とも同じ紺色の海水パンツをはいている。

「それで、おばけ出たか？」

二人は同時に言った。

「よくわからないけど、最終バスが行ったあと、ばりばりって音がした」

ぼくは言った。

「そうか、やっぱりな。それだよ。おばけ見たか？」

ぼくは黙ったまま首を振った。身体が乾きひどく暑かった。弟の義昭が突然うしろからぺろっとぼくの背中を舐《な》めた。

「うっ、塩《しょ》っぺえな」

義昭はそう言ってまた舐めようとした。

「ばか、よせ」

ぼくは言った。

室町幕府は自分たちの手の甲などを舐め、「塩っぺえ」を連発して笑った。ぼくも彼らをまねて手の甲を舐めた。しばらく三人で堤防をとびまわり「塩っぺえ」を言い合った。

太陽が西の山を焦《こ》がしはじめた頃、ぼくは廃船のなかで服を着がえた。陸に引き上げられた廃船がいつもぼくたちの服の着がえ場所だった。室町幕府もいっしょに来て、しばらく廃船のなかで盆踊りのことなどを話し合った。

「七三郎畑のとうもろこしを刈るのいつかな」

兄の一義が言った。

「たぶん盆すぎだとおもう」

ぼくは言った。

「また今年も手伝いさせてくれるかな」

義昭の方が言った。七三郎畑のとうもろこしは、毎年盆すぎに刈り採った。その時はいつも室町幕府の家族が手伝ってくれる。

「やろう、やろう。またみんなでさ」

ぼくは言った。

「ばさっ、ばさ、ばさっ、ばさっ」

室町幕府は船のなかに落ちていた棒切れを拾い、とうもろこしの茎を切り倒す仕種をした。

潮が満ちてきて、廃船のスクリューの位置まで波が迫っていた。船はかつてカジキマグロを追って海原を疾走した突きん棒船だった。海のハンターとも呼ばれていた船だ。船首に朽《く》ちかけた突き台がわずかに残っている。ぼくたちは突き台の上に立って西陽《にしび》を浴びて青々と流れる海を見た。

「あっ、鯨《くじら》だ」

室町幕府の兄の方が叫んだ。

「どっちだ？」

弟の義昭が言った。

土用波《どようなみ》に乗って鯨がやって来ることは時々町の漁師から聞いていた。

「どこ？」

ぼくも兄の一義が指さす方を背のびして眺めた。

「ほら、赤島のずっとうしろ、今沈んだとこだから、今に出てくるぞ」

赤島は、カジメ島のさらに遠くにあり、岩肌がサンゴ色をしているところから海女《あま》たちに赤島と呼ばれていた。

ぼくは水平線から赤島あたりを目で追った。海はただ青竹色のうねりをくり返すだけだった。しばらく鯨の浮上するのを待った。鯨は再びあらわれなかった。陽は山へと沈んでいった。

家に帰ると、母は夕食の仕度をしていた。ぼくは井戸端で水を浴び、母が新しく仕立ててくれた浴衣を着た。

「これ、足田のさわちゃんに持っていってあげなさい」

縁台で黄色いトマトを食べていると、母が風呂敷包みを手に持って言った。それは姉たちとお揃いで仕立てた浴衣のようだった。ぼくは風呂敷包みを両手でかかえ家を出た。陽は落ちていたが、あたりには黄昏《たそが》れ時の明るさが残っていた。港への曲りくねった坂道を下った。港の油臭い匂いが風にのって坂道を上ってくるのがわかる。

室町幕府の家の灯りがぼんやりと見えた。

「こんばんは」

ぼくは玄関で叫んだ。家の周囲には漁船に使う網をかぶせたガラスの浮き玉などが転がっている。何度も室町幕府の名前を呼んだが返事はなかった。ぼくは家の裏手にまわってみた。かつて船具の納屋だったこの家は、裏手が海に面していて、そこは網などを干す場所に使われていた。今は畑になっていて茄子《なす》やトマトを栽培している。

ざあっと湯のこぼれる音がして女の声がした。

「だあれ？」

室町幕府の姉のさわ江の声だった。ぼくは大きな声で自分の名前を言った。

「なあんだ。誰かとおもった。今、湯浴びてるの。こっちおいで」

ぼくは声の方に近づいた。さわ江《え》は行水《ぎょうずい》をしていた。薄暗がりのなかで裸の白い身体がツバナの穂のようにゆれて見えた。

「あの、これ、母さんがつくった浴衣です」

ぼくはふし目がちに言った。

「わあ、うれしい。今、すぐ上がるから。ねえ、そこの手桶の湯、背中にかけてくれる、そしたらおしまいだから」

さわ江は盥《たらい》のなかで背中を向けた。女の背に手桶の湯をかけた。白い背中を、湯はゆっくりと油のような光で流れた。

「どうかしら？」

さわ江は浴衣を着て言った。

さわ江は母の仕立てた朝顔模様の浴衣《ゆかた》がよく似合っていた。

「今ね、みんなで網元さんとこの大漁祝いの手伝いに行ってるから、きっと一義も義昭もお招《よ》ばれでおそくなるわ」

「帰ります」

ぼくは風呂敷だけ受けとって言った。

「とうもろこし食べてかない？」

「帰るとすぐ夕食だから」

「じゃ、二人で半分こにして食べよう」

さわ江は笊《ざる》に入った茹でたとうもろこしを一本、半分に折ってぼくに手わたした。

竹で作った縁台でそれを食べた。海からの風が、さわ江の浴衣の裾をめくっていた。

盆がすぎて海は荒れた。避暑客たちも去り、海辺は人影がまばらになった。七三郎畑のとうもろこしは、ほとんどの実がもぎ取られ、茎だけが風に吹かれた。ついに一度もとうもろこし畑のおばけを見ることができなかった。

その日の午後、ぼくは七三郎畑から兵舎の丘に上った。暑い日がつづいている。北の方角にある山の上に満腹そうな入道雲があぐらをかいた恰好《かっこう》で湧き上がっていた。町の屋根瓦が重なり合って光っている。風もなく、海もめずらしく凪《な》いでいた。海女船が眠そうに浮かんでいる。ぼくは光の砕けている海面に目をやった。

島。はじめはそうおもった。黒い小島が波のなかでゆれて見えたのだ。その一瞬、ぼくは息を止めてのび上がった。突然島が沈み、巨大な尾鰭《おひれ》が海面でしぶきを上げてひるがえった。「鯨」、とおもった時、ぼくは兵舎の丘を駆け下りていた。とうもろこし畑のなかを走り抜けた。七三郎畑から、それにつづくとうもろこし畑のなかを海に向かって走りつづけた。

磯に出た。小石の上を跳ねた。海に突き出た岩の上に立った。ぼくの目は夢中で鯨の姿をさがした。鯨の姿はどこにもなかった。岩を嚙む波の音と、のどかな海女笛の音だけがあった。

磯づたいに港の方へと歩いた。製材所の丸太を裂く音がうなるように聞こえた。港の広場に出ると紙芝居のおじさんが帰り支度をしていた。自転車の周囲をまだ数人の子供たちがとりまいている。室町幕府の姿もあった。紙芝居のおじさんは、箱をたたむと、そのうしろに小さな旗を立てて走り出した。旗には平仮名文字で「くびきりはんたい」と書かれていた。

ぼくは室町幕府に鯨のことを話した。

「また来たか」

室町幕府は目をぎょろぎょろさせて海の方を見た。

「乙浜の鯨工場に、毎日鯨が上がっているらしいぞ。今度、鯨工場まで見に行こう」

弟の方が言った。

「鯨工場って?」

ぼくは訊いた

「だからさあ、鯨を肉にするとこだよ。キャッチャー・ボートが赤い旗立ててたら、鯨を捕ったっていう目印らしいぞ」

また弟の方が言った。

「町はずれの地蔵さんには、毎日鯨のベーコンがいっぱい供《そな》えてあるって」

兄が言った。

それから室町幕府はぼくの家へ来て、母の茹でたとうもろこしを食べた。とうもろこしは笊のなかに山のようにあった。室町幕府は三本ずつ食べた。ぼくも頑張ったが二本で苦しくなった。

「兵舎の丘で鯨を見張ろう」

ぼくは二人に言った。

「潮が上がってくるのが昼すぎだから、お昼食べたら七三郎畑へ行って、一人ずつ丘で鯨を見張ろう」

二人はぼくの言葉に同意した。鯨の見張りは翌日から開始と決めた。

きびしい残暑がつづいた。昼すぎ、ぼくたちは毎日のように七三郎畑から兵舎の丘に立って鯨を待った。喉が乾くと、とうもろこしの茎の皮をはがし、芯を噛るようにして汁を吸った。甘かった。鯨はなかなか姿を見せなかった。

夏休みも残り少なくなった。ぼくたちは相変らず鯨を見張って丘に立った。夏の終りの陽を浴びて、海は銀紙を敷いたように光っていた。風が吹いて、とうもろこし畑が波うった。とうもろこしを刈り取る日も近づいていた。

「鯨だ！」

丘の上にいた室町幕府の兄が叫んだ。ぼくと弟の義昭は丘に駆け上がった。鯨はどこにも見えなかった。

「鯨だ！」

また兄の方が叫び丘を駆け下りた。とうもろこし畑のなかを「鯨だ、鯨だ」と言って走った。ぼくと弟の義昭もそのあとを追って走った。ぼくたちは風になびくとうもろこし畑のなかを走りつづけた。

時がすぎ、ぼくは五年生になった。もう、とうもろこし畑のおばけのことは信じなかった。室町幕府の兄は中学生になり急に無口になった。道で出会っても話をしてこなかった。きっとぼくにはまだわからない部屋の入口を知ったのかもしれない。二人の姉のさわ江は、中学を出てどこかへ働きに出たという。いろんなことが遠くに去り、九月の昼下がりのような人恋しさがぼくをつつんだ。すぎ去った時は二度とやって来ない。

ぼくは時折り一人で七三郎畑から兵舎の丘へと上った。海が青くうねり、製材所の丸太を裂く音が波の音に重なって聞こえた。

左上《ひだりうえ》の海

——夢の話はしないでくれ——

サミエル・ベケットの戯曲、「ゴドーを待ちながら」に出てくるセリフだ。村のはずれで二人の男がゴドーを待っている。ゴドーはいつまでたってもやってこない。それでも二人の男はゴドーを待ちつづける。二人はあれこれとしゃべり合う。哲学的な会話だ。一人が夢の話をはじめる。夢の話はしないでくれ。もう一人の男が言う。

「昨日、夢みたわ」

文江《ふみえ》が言った。

「夢の話はしないで」

ぼくは文江に言った。

文江はよく夢の話をする。ぼくは夢の話を聞くのが苦手だった。せめて映画の話なら、それならば見に行こうという気にもなるのだが、他人の夢だけはどうにもならない。

朝からざんざん降りの雨だった。雨はアパートの裏手にある夏みかん畑にはげしい雨音をたてて落ちている。桜が散ってこのところよく雨が降る。雨に濡れた桜の樹は煤けたように汚れて見えたが、そこから芽ばえている幼葉にはこれからやってくる季節が感じられた。

アパートはまだ建ってからさほど日がたっていないらしく、室内のあちこちに塗料の匂いが残っていた。雨が降ると、よけいにそれが強く鼻をついた。嫌な匂いではなかったので、ぼくは時々この匂いのなかにたたずむことがあった。室内は２ＬＤＫで、文江一人では十分な広さだった。

「Ｋ崎なんて、もっとお部屋代安いかとおもったけど、甘かったわ」

文江は三浦半島のＫ崎にアパートを見つけた時、そんなことを言った。東京から引越してきたのは今年の二月だった。

「でもね。気に入ったことが一つあるのよ。西側のね、アパートの裏手なんだけど、夏みかん畑なの。午後になると西陽《にしび》を浴びてすごくきれい」

文江はそれが郷里の伯父《おじ》の家のみかん畑みたいでなつかしいと言った。彼女は愛媛の松山市で高校までをすごしている。

文江が会社をやめたのは昨年の秋だった。大学では仏文科に籍を置いており、会社にいた時から知人に頼まれてフランス語の翻訳などの手伝いをしていた。文江の会社は東京でも名の知れた出版社だった。彼女は総務課にいた。

「少しなんですけど、知り合いの作家に頼まれて時々フランス語を訳しているんです。だからかえって編集部より総務の方が考える時間があって助かるんですよ」

文江と知り合った頃、職場のことを訊いたら彼女はそんなことを言っていた。会社をやめたのも、三浦半島のK崎に引越したのも、翻訳でなんとかやっていけるめぼしがついたからだった。

ぼくはフリーライターとして文江の会社に出入りをはじめて二年ほどになる。それでも出入りするのはほとんどが編集部で、総務課などはまったく縁がなかった。

そんなぼくが、ひょんなことから文江に声をかけられた。一年ほど前のことだ。ぼくはコピー室でコピーを取っていた。普段はあまりこの会社のコピー機は使用しなかった。理由というほどのことでもないが、慣れない機械が苦手なことや、電流を淀ませたようなコピー室の空気が息苦しかった。

「先日のピンチヒッターすてきでした」

突然、背中合わせでコピーを取っていた女がふり返るようにして声をかけた。黒いつやのある髪を編み込むようにしてうしろでまとめている。もちろんはじめて見る顔だ。濡れたアスファルトみたいな皮のタイトスカートに白いブラウスを着ていた。それが文江だった。

女がピンチヒッターと言ったのは、先週末、組合の交流をはかる目的で行われた出版社どうしの野球対抗試合のことだとすぐにわかった。

「野球なさってたんですか？」

女が訊いた。

「いえ、野球なんて。陸上でちょっと短距離を」

それだけ言ってコピー機に向った。コピー機の光が何度も行ったりきたりした。

「スプリンターだったんですね。あの走り方、やっぱりそう」

女は言った。ぼくは返事に困り、女の方を見て苦笑した。女はお先にと言って靴《くつ》の音を残して去った。スプリンターか……。ぼくは独り言のようにつぶやいた。そしてまた苦笑した。女の言い方がそんな気分にさせたのだ。

野球の対抗試合のことでさそってきたのは、いつも出入りしている欧米書籍課の峰《みね》岸真一《ぎししんいち》だった。この編集部でデスクを務めている彼はいつも泣き顔をしていた。

「今年もそろそろだな」

峰岸真一はその泣き顔で言った。そろそろというのは、だいぶ蕾《つぼみ》をふくらませてきた桜のことだった。

「そうですね」

ぼくは峰岸真一の言葉を察して答えた。

「実は週末、組合関係でやる野球の対抗試合なんだけどな。人がたりないんだよ。よかったら顔を出してくんないか。一人でも多い方が攻撃に幅がつくれるんだ」

峰岸真一は例の泣き顔でもっともらしく言った。相手チームは飯田橋に本社を構えるO教堂出版だった。野球は中学時代に遊びでやったくらいだったが週末は予定がなかったので行くと言った。

「いや、助かる助かる。ユニホームはこっちで用意しておくからな」

峰岸真一はくちゃくちゃな笑みをうかべ、持っていた本のカバーをタンバリンのように叩いた。

試合の日はよく晴れ青空が広がった。四ッ谷駅に近いグランドの周囲には三分咲きの桜が風にゆれていた。グラウンドには応援も含め、両社からそれぞれ二、三十人ほどの社員が集った。対抗試合といっても、さほど張りつめたものもなく、どちらかと言えばピクニック気分に近いものだった。それでも試合がはじまると、互いのベンチからヤジがとんだり、女たちの嬌声《きょうせい》もそれにまじった。相手方のバッターは振りが鋭く、五回まで毎回得点をあげていた。味方は四回に相手のエラーから一点を入れただけだった。さらに六回から登板した相手ピッチャーはアンダー・スローで、長身を沈み込ませ、まるで地面をえぐるようなフォームで投げ込んできた。ボールはバッターの手前で鋭く変化した。

「あいつは、今、週刊誌やってるんだけど、学生の頃は背泳の選手だったんだ。オリンピックの予選にも出てるんだ」

峰岸真一が耳打ちした。背泳の選手ならしっかりした背筋を持っている。アンダー・スロー投法はぴったりだとおもった。

九回の表になって、四球で出たランナーが相手のエラーから三塁まで進んだ。すでに2アウトだった。

「おい頼む、一矢むくいようぜ」

峰岸真一が、監督をしている司書課の老編集者の言葉をつたえた。ぼくはゆっくりとバッター・ボックスへと向った。

「ラスト・ボーイ」

ヤジにしてはスマートな言葉が相手側ベンチからとんだ。空を見上げた。青い空に真っ白い雲が流れている。風はライトからレフト方向に吹いていた。

一球目は胸もとに浮き上がるボール球だった。二球目は内角すれすれのストライク。シュートが決った。ピッチャーのモーションは正面から見ていると眠るようにゆるやかだった。そのゆるやかなモーションから球は魔術師のささやきのようにひそひそと近づき、ミットの直前でぐいっとスピードを増す。とにかく当てるしかない。バットを短く水平に構えた。2ストライク、2ボールのあとの球をおもいっきり引っぱった。

ボールは三遊間を砂を噛んで転がった。三塁手は必死でグラブをのばしたが、二センチほどおよばなかった。ぼくは走った。右手首がしびれを感じた。一塁直前でコーチが手をぐるぐるまわしている。そのまま走れというサインだ。一塁ベースを蹴って二塁へと進んだ。三遊間を抜いたボールはレフトでイレギュラー・バウンドしてファール・グランドへと転がった。ぼくの打ったボールは二塁打になった。

試合はその一点を加え、七対二の完敗だった。

「いやあ、あの時の、最終回の君の二塁打はよかった。バットを短く持ったのがよかった。打ったボールは砂ぼこりで見えないほど早かった」

その後の峰岸真一はいっしょに飲んだりした時、試合のことをそんなふうに話した。コピー室で文江が言ったのも、その時のことだ。ぼくはグランドのどこに文江がいたのかもわからなかった。コピー室でのことを峰岸真一に話した。

「誰だろうな、あの時うちからは五人ほど女がきていたからな。細かったかその女?」

峰岸真一にそう訊かれ、ぼくは体形が細かったことや髪型のことなどを答えた。

「それはたぶん総務の加村だな。加村《かむら》文江。それほど若くはないけど、いいこだよ。大学はたしか仏文で、二十七だったかな」

峰岸真一は文江についてそんなことを話してくれた。ぼくは社内の野球大会などにやってくる女はあまり得意ではなかった。そのことも峰岸真一に言った。

「まあそう言うなよ。いいこなんだ彼女は」

彼は文江のことをかばっていた。しかし、そのあとに峰岸真一が言ったことには驚かされた。彼女の両親が飛行機事故で死んだという話だった。

「彼女一人っ子でね。まだ小さかったので伯父さんのとこで育てられたらしい」

その後、会社でも加村文江に会うことはなかった。


夏がすぎて、ぐずぐずとつづいた残暑もようやくおさまってきた秋口、ぼくは会社の会議室を利用して開かれた社内美術展で久しぶりに加村文江に会った。美術展は会社の美術サークルが中心になった一般参加を交えての展示会だった。ぼくはその日の編集会議を終えて帰ろうとしていた。

「よう、美術展でものぞいていかないか」

峰岸真一は娘と息子の写真を出品しているといってぼくをさそった。会場に入ろうとした時、見終って出てくる加村文江に会った。

「なんだ加村ちゃん、なんか出品したの。もう一回いっしょに見ようじゃない」

峰岸真一は加村文江をまた会場に連れもどし、ぼくの仕事やぼく自身のことを紹介した。

「知ってるだろう彼。例の試合の強力ピンチヒッターだよ」

紹介し終ってから、峰岸真一はそんなふうにぼくのことをつけ加えた。ぼくも、「あの時は」と、コピー室のことを言った。

「加村と言います。コピー室では失礼しました」

加村文江は丁寧に頭をさげた。その仕種《しぐさ》には、どこかよく躾《しつけ》られたものを感じた。

ぼくたちはゆっくりと美術展を見てまわった。


文江とはそんな順を追って親しくなった。ぼくたちをそうさせたのは峰岸真一だったが、はじめは三人で飲みに行くことが多かった。文江もぼくも峰岸真一には気を遣っていた。彼はぼくにとってはクライアントであり、文江にとってはいちおう上司だった。ぼくたちは峰岸真一の話す家のことや子供たちのことを根気よく聞いた。それは退屈なことでもあったが、同じ退屈を味わうことで、お互いの人柄《ひとがら》を知る度合を深めてた。飲んでいる時、時折り峰岸真一が席をたつ数分がぼくたちの大切な時間でもあった。その間、ぼくたちは親にかくれて悪い相談をする子供のようにあれこれと話し合った。

加村文江から話を聞いて欲しいという電話を受けたのは、昨年の十二月に入ったばかりの寒い日だった。ぼくは六本木の防衛庁近くのイタリー・レストランに彼女をさそって夕食をとった。はじめはフランス・レストランにしようとおもったが、大学で仏文を専攻した加村文江に気おくれしてイタリー・レストランに変えた。食事の時、そのことを言うと加村文江は「おかしい」と言って笑った。たしかにフランス語とフランス食はちがうかもしれない。

食事のあと、近くのバーでカクテルを飲んだ。彼女の相談というのは、会社を来年の一月くらいでやめたいということだった。すでにフランス語の翻訳の仕事をしており、それで何とか生活していこうと決心しているらしかった。

「大学の時の先生や、先生に紹介いただいた作家の方の手伝いが主だったんだけど、このところ出版社からも直接頼まれることもあって」

加村文江は言った。

PARKER
SUPER Quink
PERMANENT BLACK INK
PARKER
PARKER
IR MAIL TABLET

「それはいい。そうできるなら、その方がいいとおもう」

ぼくはすぐに加村文江の退社に賛成した。

その夜はつめたい木枯しが吹いていてしかも週末とあって、ぼくたちはタクシーを拾うために何度もバーをはしごして時間をつぶした。

「フランス語ってむずかしいでしょう。ぼくは第二外国語ではドイツ語だったから。それにフランスの小説の翻訳となるといろいろと雰囲気《ふんいき》の部分が細かいから」

二軒目のバーでそんなことを話題にした。

「よくわからないこと多いわ。特にわたしがお手伝いしている作家は、暗黒文学の方だから、時々誤りを指摘されたりして」

「暗黒文学?」

「そう、おかしいでしょう。へんなのが多いのよ」

「たとえばマルキ・ド・サドとかポーリーヌ・レアージュなんかがそうですか。ジャン・ジュネはちがうのかな」

ぼくは知っているかぎりの、それらしい作者の名前をあげた。

「ええ、でもそれってみなさん日本じゃ有名でしょう。これからはもっと掘り出していこうとしていて。もっとすごいのあるんですよ」

「読みたいなあ。楽しみだ」

ぼくはいい気分になっていた。最後のバーを出たのは深夜の二時すぎだった。

「お願いよ。タクシーに放り込んで。なんとか帰れるわ」

加村文江は酔った足どりで言った。

「送るよ。どうせ通り道だから」

彼女のアパートは杉並の梅里で、ぼくは高井戸だった。やってきたタクシーに加村文江を押し込み、そのあとすぐに乗り込んだ。タクシーのなかで、加村文江はずっとぼくの肩に寄りかかっていた。

「わたし、よく夢見るのよ。きれいな海の夢。その海って、わたしのいるずっと上の方にあるの。泳いでいる人もいるし、ボートを浮べている人もいるの。西陽で海もみんなの顔もオレンジ色に染っているの。それでね。それで……」

加村文江は話をとぎらせた。夢の話か、とおもった。夢の話は苦手だった。胸のあたりに女の息を感じた。女の顔を見た。膝《ひざ》に落ちそうな女の顔を左手でそっとささえた。加村文江の顔が少し上向きになった。夢の話を封じる気持でそっと唇を重ねた。

半開きになった女の唇から、生温い空気がもれた。

文江が退社して三浦半島のK崎にアパートを借りると言った時、遠くなるなとおもった。それでも時々、潮風の吹く町に女を訪ねるのもいいかもしれないとおもい直した。梅里のアパートで文江を最後に抱いたのは引越しの準備が終ったガランとした部屋のなかだった。そのあと、部屋にこのまま残していくというベッドに寄りかかってワインを飲んだ。文江はめずらしく飛行機事故で死んだ両親の話や、育ててくれた伯父夫婦の話をした。

「伯父は松山でスーパーマーケットを経営してるの。それに田舎の方にみかん山を持っていてよく連れてってくれたわ。わたしより年上の男の兄弟が二人いて、みんなでわたしのこと可愛《かわい》がってくれたの。わたしはまだ子供だったので、両親のことより二人のお兄ちゃんができたことの方がうれしかった。いつもくっついて歩いたわ。みかん山でみんなでおべんとうを食べたりして楽しかった」

ぼくは黙って文江の話を聞いた。

「父のことや母のことはまだ子供だったのであまり記憶にないことにしてるけど、でもほんとのこと言うとちょっとだけおぼえてるの」

文江のグラスにワインを注《つ》いだ。ワインの酔いはゆっくりとやってくる。ぼくは昔見た映画のことをぼんやりとおもっていた。ヒロインの名前がなかなか思い出せなかった。ぼくは夢中でそれを思い出そうとしていた。

「夢の話していい？」

文江が言った。

文江が夢の話をするたびに、ぼくはいつもそれをさえぎった。いつの頃からか文江は夢の話をする時に、夢の話をしていいかと訊くようになった。

「どんな夢？」

ぼくは仕方なく文江を見て言った。

「海よ。夢のなかでとってもきれいな海を見つけたの。わたしのいる、ずっとずっと左上の方にあるの。いつかわたしが酔って言った時の夢の海よりも、もっとずっと上、それも左の方。そこにすごくきれいな海岸を見つけたの。天国なんて言葉恥しいけれど、もしかしたらあの海は天国じゃないかとおもって」

文江はワイングラスを持ったままベッドの上に腹這《はらば》いになった。

「でも、その海って夢だろう。実際にはないんだろう。左上の海って」

ぼくは文江の方をふりむいて言った。

「そうよ。でも見つけたんだからいいでしょう。わたしの見つけた海だから」

文江はベッドの上で足をしばらくばたつかせたりしていた。ワイングラスを置き、文江の横に寝そべった。冬の風が音をたてて吹いていた。


五月に入ったよく晴れた午後、ぼくは文江のアパートからK海岸まで歩いた。四十分ほどで荒れた海辺に出た。左手の岬の岩に嚙みつくような波が押し寄せ、岬には真っ白な灯台が五月の陽を浴びていた。文江はフランスからの訪問客を案内する仕事で朝早くアパートを出た。富士山の近くをセスナ機で飛ぶのだとはしゃいで出かけて行った。

「大学の時の先生と、先生のフランスからのお友だちの三人よ。フランスの方は、パリの図書館にお勤めしていて先生とは古い仲らしいの。わたしが会うのは今度はじめてだけど」

「天気がよくてよかった」

ぼくは言った。

K海岸で二時間ほどすごした。五月の心地いい風が海の方から吹いた。柾《まさき》の茂みが陽をうけてつやのある葉を光らせている。遠くに白いセールを傾けて進んでいるヨットが見えた。それは小さく、まるで手の平にのせてみたいほどだった。

草の上に寝ころんだ。草のなかに身体が沈んだ。そのまま風といっしょに流されていくようだった。うとうととした。それはほんの数分のことだったとおもう。草のなかから身体を起した時、文江の言っていた左上の海がうかんだ。数分の間に、ぼくはその海を見たようにおもった。それは夢だったのか、それとも文江の言った言葉がまだ頭のなかに残っていたのかわからなかった。

アパートに帰った時、すでに陽は西に傾いていた。ぼんやりと裏の夏みかん畑を見た。濃い緑の葉のなかを紋白蝶が飛び交っていた。電話が鳴った。何度もコールされ、仕方なく受話器を取った。受話器のなかから文江の乗ったセスナ機が落ちたという報が事務的につたえられた。一瞬真っ白な感覚に陥った。そのなかで、ぼくは文江の言った左上の夢の海をさがしていた。

2021 6

中公文庫 新刊案内

まんぷく旅籠 朝日屋

なんきん餡と三角卵焼き

高田在《あり》子《こ》

店の外から、元女形の下足番・綾人に「動くな！」と怒鳴る男の声。驚いたちはるが覗いてみると……。

料理自慢の旅籠「朝日屋」は、今日も元気に珍客万来！

好評既刊

まんぷく旅籠 朝日屋 ぱりとろ秋の包み揚げ

書き下ろし

●770円

カンブリアⅡ 傀儡の章
警視庁「背理犯罪」捜査係
河合莞爾

書き下ろし

都知事選の有力候補者が立て続けに事故死した。そこに「能力者」の存在を感じた尾島と閑谷は捜査を進めるが、思わぬ障害が……？ 人気シリーズ第二弾！

●924円

まるさんかく論理学
数学的センスをみがく
野崎昭弘

「珍しい数」ってなに？ どうして鏡は上下逆さまにならないの？ 日常の謎やパズルの先に広がる豊かな〝論理〟の世界へいざなう、数学的思考を養える一冊。

●880円

金子光晴を旅する
金子光晴／森三千代 他
中央公論新社 編

上海からパリへ。『どくろ杯』三部作で知られる四年に及ぶ詩人の放浪を、本人の回想と魅せられた21人のエッセイで辿る。初収録作品多数。文庫オリジナル。

●1056円

ホワイト・ティース（上・下）
ゼイディー・スミス
小竹由美子 訳

ロンドン出身の優柔不断な中年男・アーチーと、バングラデシュ出身の誇り高きムスリム・サマード。ロンドンの移民家族が直面する悲喜劇をユーモラスに描く。

●上1320円／下1430円

ボートハウスの夏

ボートハウスは四角い箱を二つ並べたようにして水面に浮んでいた。周囲は白いペンキで厚く塗られ、ところどころ板壁がささくれだっている。板壁には、ボートハウスという文字が太いゴシック体で書かれていた。一つの文字は、サッカー・ボール五個分ほどの大きさがあった。

ボート場は、赤坂見附から四谷にかけてわずかに残る外堀を利用してできていた。水をたたえた範囲はちょうどCという字の形をしている。Cの字の内側になるあたりはこんもりとした森だった。森は急勾配《きゅうこうばい》な土手になっていて、斜面を上りきった中心部には超高層のホテルが建っていた。このあたりはそんなホテルを中心とした公園地帯でもあった。ボート場のある外堀には、清政橋という古い橋が架《かか》っていた。地下鉄の赤坂見附駅からは歩いて数分だった。

大学を出て勤めた広告会社を二年ほどでやめた。ぼくは失業中だった。ボートハウスでのアルバイトにはまったく理由がなかった。気まぐれといっていい。それでもどこか人並みに、何もしていないよりはといった気持があったのかもしれない。会社ではデザインの仕事をしていた。美術系の大学を卒業と同時に入社した会社だったが、はじめからどうもしっくりといかなかった。もう少し辛抱すれば、団体生活にも慣れていったのだろう。とにかく先きのことは漠然としていて考えがつかなかった。

自宅が赤坂にあったので、清政橋あたりはよく散歩コースにしていた。ボートハウスでアルバイト募集の貼り紙を見つけたのも、清政橋を散歩中の時だった。アルバイトは、一週間のうち火、木、土の三日間となっていた。桟橋《さんばし》には誰もいなかった。水には白いボートが一艘《そう》浮んでいた。草色の水面に考えもなくゆらゆらとゆれている。それは、どこか今の自分に似ているとおもった。

アルバイトをはじめたのは雨期だった。今は夏になっている。二十六歳だった。

朝から強い陽《ひ》ざしがあった。清政橋に入ると、ボート場の水面におおいかぶさっているる木立のなかで蟬が鳴いていた。深い木立の中央に、超然と立つホテルの白壁がまぶしかった。

ボートハウスにはいつも午前の十時までに行く。清政橋を渡り切った袂《たもと》横から細い石段を下りる。桟橋が朝露で濡《ぬ》れて光っている。水面がひたひたとゆれていた。

ボートハウスに入り、窓を開けた。蒸し暑い室内に風の入るこの一瞬が好きだ。椅子に腰をおろし、ショート・ホープを一本吸った。扇風機のボタンを押した。建物の関係からか、ここにはエアー・コンディショナーがなかった。古い首振り式の扇風機が天井に近い壁に取りつけてある。室内は六畳くらいで、それにトイレと小さな流し台がついていた。ヨットのキャビンみたいだった。

ボート客の料金窓口のカーテンを引いた。ボートの時間は一時間単位で、一時間九百円となっている。

田中七江《たなかななえ》が清政橋を歩いてくるのが見えた。彼女は二年ほど前からここで働いているらしい。濃いグレーのタイトスカートをはき、半袖の白いウィング・カラーのブラウスを着ている。そんな恰好《かっこう》は、どこもボートハウスで働いているようには見えない。だからといって普通のOLともおもえない。どちらかと言えば書店の女店員などに近い。妙に痩せていて、色疲れのようなものがあった。田仲七江は六月に三十一になったばかりだった。

「おはよう。今日もすごく暑くなりそう」

田仲七江はブラウスのいちばん上のボタンあたりをつまんで言った。

「きつくなりそうですね」

ぼくは言った。

ボート置場は清政橋の下になっている。二つある橋杭《はしぐい》の間に貸しボートがそれぞれ二十艘ばかり入っていて、そのほか、桟橋にはいつも四、五艘のボートを舫《もや》っている。艫綱《ともづな》を引いて、ボートの上にかけてあるナイロン製のフードを払った。フードに溜《たま》った朝露が流れた。乾いた布でボートの濡れた部分を拭《ふ》いた。

「田仲さん、ひと廻りしてきます」

田仲七江に声をかけ、ボートに乗った。午前の早い時間、いつもボート場をひと廻りする。それは巡視のような仕事も兼ねていた。

ボートの中央部に腰をおろした。グラスファイバー製のボートは、夏の陽を受けてすでに熱くなっていた。ボート場の縁《ふち》は、昔ながらの外堀の石組みが残っている。土手の上からうっそうと繁《しげ》るクスやケヤキが水面に枝をのばしていた。木陰の下を漕《こ》いだ。オールを水中に入れると、水は水飴《みずあめ》のようにのびた。ボートは水面を切り裂いて進む。木陰を出ると、陽は容赦なくボートと、ボートの上のぼくに照りつける。ボート場に沿って、高速四号線が走っている。ハイウェイを行く車のルーフがちかちかと光っていた。

ボートハウスを見た。水色の作業服に着替えた田仲七江のうしろ姿がある。両手で髪をうなじで留めているところだ。気怠《けだる》るそうな動作には妙な色気があった。

アルバイトをしたいとボートハウスに行った時、窓口にいたのは田仲七江だった。彼女は無愛想に引出しからアルバイトの申し込み用紙を出した。用紙に記入して、履歴書といっしょに公園の管理事務所へ持って行くように言った。面倒そうだった。ぼくは言われたとおりにした。

「いいとこにいたのに、もったいないねえ。こんなとこをやめるなんて、ねえ」

公園管理事務所で、初老の職員がぼくの履歴書を見て言った。唇を舐《な》める癖があった。初老の男にしては赤い唇をしていた。ぼくは自分のいた広告会社が、東京でも大手に属していたことをあらためて感じた。

会社をやめたことがよかったのか失敗だったのか、それはわからない。やめて数日後、銀座を歩いている下請会社の社長の鈴木に会った。毎日のようにぼくのいた会社へ仕事を取りにきた男だ。

「会社やめたんですってね。まあ世のなかきびしいとこですから」

鈴木は猫背《ねこぜ》の肩をややいからせて言った。鈴木は、かつて新入社員だったぼくに、五万円入りの封筒を持ってきたことがあった。それは仕事を得るためのワイロだった。彼の気まずそうな表情は今でもおぼえている。たしかに世のなか、きびしいのかもしれない。しかし、もうこの男に札入りの袋をもらうこともないだろうとおもった。

会社をやめた時、ぼくはAクリエイティブ・ルームに属していた。エンゼル製菓の新聞広告キャンペーンで連日忙しかった。会社をやめたのは、サラリーマンがいやになったこともあるが、仕事に疲れたこととの方が大きい。

辞表を提出したのは上司の戸部《とべ》ディレクターにだった。当時、戸部は部下でコピーライターの女との不倫で頭がいっぱいだった。

「いいねえ、若者の行動力は……。わたしなんか、やっぱり生活がねえ。しかし愛情は人間にとって偉大なものなんだ」

戸部は、ぼくの辞表を目にしながらとんちんかんなことを言った。

退社後、一カ月ほどして会社の同僚だった友人と酒を飲んだ。

「戸部ってディレクター、あいつは最悪だぜ。あいつ君のこと、なんにもできないのに会社やめてどうするつもりなんだなんて言いまわってるんだ。許せねえよまったく」

友人はそんなことを言った。

戸部ディレクターがどんな男かはどうでもいい。いずれにせよ、彼は広告マンとして数々の話題広告を世に出しているのだ。

「戸部の奴、もし君が成功したら俺があいつを坊主にしてやるからな」

友人は酒の勢いもあってか、息まいた。

成功……。それは何だろうか。グラフィック・デザイナーとして名をあげることだろうか。巨大なデパートや、電機メーカーの広告にたずさわることかもしれない。デザイン協会から大賞を得ることかもしれない。まだいろいろあるだろう。ぼくは少し酔った頭で、ピントの狂った双眼鏡を何度も合わせようとしていた。

アルバイトをはじめた日は、午後から雨になった。雨期に入っていたこともあって、このところよく雨が降った。雨になると、ボートハウスは何もすることがなかった。

ボートハウスに下りる石段の脇に山吹《やまぶき》が咲いている。湿った濃い緑のなかで、こぼれるような山吹の花は、淡い陽ざしに見えた。

田仲七江はトランジスタ・ラジオからのヘッド・フォンを耳にさし込んでいつも音楽を聴いていた。どちらかというと無口な方だった。それは、ぎりぎりと巻いたねじがもどらないように手でぎゅっと押えているみたいだった。ぼくには、いつか彼女の手がねじからはなれるようにおもえた。


ボートハウスの横に飲みものを売る自動販売機がある。田仲七江はそこで時々コーヒーやコークを買ってくれた。

「これでね」

飲みものを買いに行くぼくに、彼女はそんな言い方でお金を手わたした。女の仕種《しぐさ》だった。田仲七江に日に日にうちとけた。

「あなたのこと、わたしわかろうとしてる」

田仲七江の表情から、時折りそんな言葉がつたわることがあった。

雨期の間は客が少なかった。仕事の帰り、時々田仲七江を地下鉄赤坂見附駅近くの喫茶店へとさそった。

「いいわね、家が近い人は。わたしなんか一時間以上だから」

田仲七江は京王線の調布から通っていた。生れは山口県の萩だと話した。背丈は一六〇センチほどだろうか。身体は痩せていた。あまり目立たない顔つきだったが、目立たない分だけ、内に秘めた女の蜜の豊かさを感じさせた。


ボート場を一時間ほどかけてひと廻りした。ボートを下りた。田仲七江は料金窓口に向って週刊誌を読んでいる。

「ああ、暑い。帽子がないと日射病になりそうだ」

ぼくは扇風機に身体を向けた。

「こんなとこにきて後悔してんでしょう」

田仲七江は週刊誌を閉じて言った。

「ええ、失敗でした」

ぼくは言った。

「でしょう。心配だったのよ、はじめから」

田仲七江はぼくの目をじっと見た。

「でもボートは好きですから」

「上手よ。漕ぐの見ててそうおもったわ。いい感じよ」

「今度いっしょに乗ってください」

ぼくのさそいに彼女は笑顔だけ見せ、それからちょっと窓の遠くの方に視線をうつした。風に木の葉が裏返り、それが銀色に光っていた。

時間は正午に近づき、気温はぐんぐんと上っていった。午前中は一人も客はなかった。午後も同じだった。またボートに乗った。石垣に沿ってボートを漕いだ。そのあたりは、ちょうどボートが通れるほどの木陰になっている。蟬がしきりに鳴いていた。木の枝に蜘蛛《くも》の巣があって、枯葉色をした蛾《が》が糸に巻かれて死んでいるのが見えた。

木陰のなかをアメンボウのように進んだりもどったりして漕いだ。左手でオールを引き、右手のオールで水を押す。ボートは水を切って左に回転する。ボートの底で水が泣いてるみたいな音をたてた。

木の下闇《こしたやみ》から炎天の下に出た。舗道《ほどう》に沿って柳が植えてある。風が止み、柳の枝はうなだれたまま動かない。宣伝カーが、ひび割れた音をボリュームいっぱいにまき散らして遠ざかった。水に落ちるオールの音がぽちゃんぽちゃんと素朴《そぼく》な音をたてている。ひどく暑かった。何も考えられなかった。ひたすらオールを漕いだ。

七月も中旬をすぎた。学校が夏休みになり、ボート場にも家族づれなどがちらほらと見えた。それでも、この都心のボート場はいつもがらんとしていた。平常だと、ボート場は午前十時から夕方の六時までだが、サマー・タイムということで、夜は八時まで開放された。そのためか、夕方からの時間が忙しかった。涼《りょう》を求めてやってくる若いカップルの客が増えたのだ。通りがかりにボートに乗っていくカップルもいた。彼らのボートは、一定の間隔をおいて薄暗がりの水面に浮んだ。

夕立ちがあったのは、午後の四時をまわった頃だった。その日は朝から風もなく、黙っていても、じっと汗が吹き出てくる不快な暑さだった。

なかった。

「夕立ちがきそうね」

栈橋に立っていたぼくに、田仲七江が言った。彼女はいつものように、ここの職員の制服を着ている。それは水色をしたコットンの開衿《かいきん》シャツだった。濃紺の膝《ひざ》が少し出るくらいのタイトスカートをはいていた。ぼくは田仲七江のそんな恰好が嫌いではなかった。

ボートハウスから見ると、渋谷方面いったいの空を、鉛色の雲がおおっていた。その空に、突然稲妻が走った。大粒の雨が音をたて栈橋に落ちた。ざあっと石垣を埋めた森が鳴った。

田仲七江がビニールの傘を持ってボートハウスからとび出してきた。ぼくはすでに両肩から胸にかけてびっしょりと濡れていた。栈橋にボート客がつぎつぎに着いた。稲妻が走り、数秒もおかず雷が鳴った。雷は、老人のする嗽《うがい》のような音ではじまり、ドラム缶を転がす音に変っていく。ボートを杭に結びフードをかけた。フードのたりないボートは竹竿で清政橋の下に押し込んだ。

ボートハウスで濡れたシャツを脱いだ。

「よくふかないと風邪ひくわよ」

田仲七江が机の引出しからタオルを出して言った。タオルはよく洗い込んであり、やわらかい肌ざわりがあった。人の肌に似た温《ぬく》もりがつたわった。

七江を抱く時、ぼくはいつも雨に濡れた身体をぬぐったタオルの温りを思い出した。夕立ちのあった日の朝、いつものようにボート場をひと廻りしたボートのなかで、奇妙な拾いものをした。それは誰かが落したのか、わざとそこに残していったのかはわからない。一枚のカラー写真だった。写真のサイズで、ポラロイド・カメラで撮《と》ったことはすぐにわかる。

写真には一人の女が写っていた。年齢は二十代後半、もしかしたら三十前後といったところだ。ボートに乗っている。ボートの上で誰かが写したのだろう。長い髪を肩にたらし、少し俯《うつむ》いている。恥しいからかもしれない。女は、どういう仕くみになっているのか黒いワンピースを前ではだけている。胸もとからのボタンをすべてはずしているのだ。女の身体には下着がなかった。はだけたワンピースから乳房が見え、そこから下腹部まで、裸のままで写っていた。

このボート場でこんなことが行われている。写真をポケットに入れた。写真の女は、どこか田仲七江に似ていた。ボートを漕ぎながら彼女に欲望を感じた。

夕立ちの雨は、そのまま降りつづいた。ボートハウスのなかから、雨にはじける苔《こけ》色の水面が人工芝のようにささくれ立って見えた。まるで夕暮れのようで、車はライトを点《とも》して走った。桟橋を打つ雨の音に、扇風機のまわる音が重なった。ぼくと田仲七江は、ボートハウスのなかから立ったままで雨を見ていた。朝のボートのなかで見つけた女の写真がうかんだ。

夕立ちには、まったく慌ててしまった。てきぱきとボート客を桟橋に引き上げていた自分のことがおかしかった。すっかりボートハウスの人になったとおもい、苦笑した。たばこに火をつけた。

「ここから、こうしてるといつもおもうことがあるの」

田仲七江が雨を見つめながら言った。

「このボートハウスの窓から水面を見てると、それにこんなに降る雨を見てると、よけいにそうおもうの」

　ぼくは黙ったまま田仲七江の言葉を待った。

「何んて言うのかしら、ほら、漂流っていうのあるでしょう。小さな船で、遠くへ遠くへ流されてくみたいな」

　田仲七江はそんなことを言った。

　ぼくも同じようなことをおもっていた。いろんなことからはぐれてしまった気分になった。そのことを田仲七江に言おうとしたがやめた。

「この雨、今晩中は降りそうだ」

　ぼくは雨のことを言った。彼女は黙ったまま外の雨を見ていた。

「こんなところに」

　田仲七江が言った。こんなところに黒子《ほくろ》があると言ったのだ。黒子は、ぼくのTシャツから出ている左腕の上部にあった。

「カシオペア、ちがうかな。レチクル。オリオンにしては数が少ない」

　黒子は小さい粒で散っていた。それを彼女は星座にたとえて言った。

「星のことくわしいんですね」

ぼくが言った時、田仲七江が料金窓口に「CLOSE」カードを立てた。窓を閉めカーテンを引いた。

「中学の時、東京にいた伯父《おじ》に古い天体望遠鏡送ってもらって、その時ね、ちょっと星に夢中になったの」

萩市の高校を卒業と同時に上京したのも、その伯父をたよってだと話した。

「一年もいなかったわ。すごく細《こま》かいこと言う伯父でね。すぐにそこをとび出しちゃって」

田仲七江は伯父の家にいた時のことをそんな風に言った。

「星のこと、好き？」

田仲七江が星のことを訊《き》いた。

「ホシよりムシの方が」

シャレのつもりではないが、ぼくはそんな答え方をした。

「ムシ？」

田仲七江が訊き返した。

「そう、虫。虫の種類だったら、いろんな字を漢字で書けます」

「気持わるいのも？」

　ぼくは「うん」と言って、近くにあったメモ用紙をとった。

　水黽《あめんぼう》と書いた。

「これがアメンボウ。ボート漕いでるのってこれに似てるでしょう」

　田仲七江はのぞき込むようにして身体を寄せてきた。女の匂いがした。匂いには、いつかどこかで嗅《か》いだことのある懐しさがあった。それはまだ子供だった頃の、母親に手を引かれて通りすぎたデパートの女もの売場の匂いに似ていた。

「これが馬追《うまおい》、大蚊《がガんぼ》、鉦叩《かねたた》き、オケラはこう書くんだ」

　ぼくは螻蛄《けら》と書き、蝗《ばった》、虻《あぶ》、孑孑《ぼうふら》などといった字をつづけて書いた。蜚蠊《ごきぶり》は書こうとしてやめた。その替りに蟋蟀《こおろぎ》という字を書いた。こんな字を漢字でおぼえたのは、昆虫採集に熱中していた中学の頃だった。

「これはわかるでしょう？」

　ぼくは源五郎と書いた。

「わかるわ。ゲンゴロウさん」

　田仲七江は笑いながら言った。女の息が右肩にふれた。

彼女の腰に手をまわした。ぼくの手はちょうどそうできる位置にあった。唇は、むしろ女の方から寄ってきた。唇には、女の饐《す》えたような甘さがあった。鉄製の細い椅子の脚が、コンクリートの床でひきつった音をたてた。

唇を合わせ、息を吐いた。同じことを何度もくり返した。

ボートハウスでの毎日、ぼくは正体不明な安息のもとにいた。それは炎天の下での自堕落《じだらく》な気分にも似ていた。今の自分を仮の姿だともおもわなかった。

「あいつ会社にいればよかったのにさ。今、清政橋のボート場にいるんだって」

時折り、誰かのそんなさげすみが聞えた。

「自分でピッチングフォームを変えてみたかった」

さげすみには、いつもそんな答えをつぶやいた。ぼくはボートハウスで肩を慣らしている。しかし、そんなことをおもうことが、すでにどこかはぐれてしまっていたのかもしれない。

誰かにじっと見つめられていると感じることもあった。時々、学生の頃に見た映画がうかんだ。昆虫採集に出た男が砂丘で蟻地獄《ありじごく》のような穴に落ちる。そこには一人の女が住んでいる。男は何とか抜け出そうとするのだが、それができない。村人たちは寄り集ってそんな男と女を眺めている。ボートハウスは、どこか砂丘のなかの穴におもえた。

田仲七江は一見どこにでもいる女だった。

「わたし、いろんなことわからないの」

これが彼女の口癖だった。そして自分は平凡な女だからと、いつもつけ加えた。平凡な女ほど人生のエキスパートだ。

この女《ひと》は、ぼくを理解しようとしてくれている。そしてもしかしたら、この先きもずっとぼくの味方でいてくれる。田仲七江には、そうおもわせるところがあった。

ボートハウスでの田仲七江はよく働いた。自分のすることはきちんとやった。女としての細やかな気配りもあった。その分、ぼんやりしている時の彼女は女の気怠さを感じさせた。どこか水溜りみたいな女だった。足を入れると、そこは泥濘《ぬかるみ》になる。

七江の腰を抱いたまま立ち上った。七江は操《あやつ》り人形みたいに動き、そのまま壁を背に立った。七江は淫《みだ》らになることを抑えていたのかもしれない。しかしすぐに七江の身体は果実が熟《う》れて裂けていくみたいに反応した。女の頭上に、せわしげに首を振る扇風機がある。左手で七江のスカートをたくしあげた。こんな時の男の動作はどこかぶざまだ。腰骨のあたりからパンティ・ストッキングに指を入れた。指は暗闇をさぐるように性器へと移動した。女の腰がひきつるようにくねった。七江の性器は濡れていた。

最低なことをしている。七江を抱きながらおもった。彼女がぼくの腕の黒子を見つけなかったら……。またボートのなかで拾った女の裸の写真がうかんだ。

七江が息を吐いた。吐息《といき》には、腐っていく林檎《りんご》の甘さがあった。ボートハウスの外は、まだしきりと雨が降っていた。七江のあえぎが止んだ時、雨の音がいっそう強く感じられた。雨は深夜まで降りつづいた。

サマー・タイムのボート場は七時に入場を閉じる。ぼくたちは地下鉄赤坂見附駅近くの焼き鳥屋でビールを飲んでいた。帰りがけ、鳥を焼く匂いにひかれて七江をさそったのだ。店は通りに面していて横に細長かった。エアー・コンディショナーもなく入口の引き戸をいっぱいに開け放って営業していた。

「やっぱりビールおいしい」

七江は飲めない方ではなかった。

「暑い時は、かえってこんなふうにクーラーなんかない方がいい」

ぼくは言った。

「こういう店って好きよ」

七江はバッグからハンカチを出して言った。ハンカチをぼくの膝にのせた。

「カフェ・バーとか、ディスコなんて行かないの？」

七江が訊いた。

「行かないこともないけど、あんまり得意なエリアじゃないんだ。何んかの流れで行ってしまうことはあるんだけど」

ぼくはそんな答え方をした。

七江は、ディスコなんて気おくれしてしまって駄目だと笑い顔で言った。

「だって、ディスコって、洋服キメてなくちゃだめでしょう。ニコルとかコムデなんて高くて大へんだし」

七江はビールをぼくのグラスに注《つ》いだ。ぼくはビールの手を休め、たばこを一本吸った。開けはなたれた入口の引き戸から通りを行く人が見える。店はいっぱいで、なかをのぞいてあきらめて帰る客もいた。

「このあたり人通り多いのね」

七江が通りを振り返った。ぼくも同じように通りに目をやった。その時、一人の老人と目が合った。老人の目はぼくではなく、七江の方を見た。

「田仲君、田仲君だね。いや奇遇だ。中森だよ。ほら」

老人の言葉に七江は椅子から立ち上った。

「ごぶさたいたしてます」

七江は老人をよく知っているみたいだった。

「うん、うん、まあ元気にやってるならいい」

二人の関係はぼくにはわからなかった。

「おかげさまでなんとか」

七江は含みのある口調でそんなことを言った。

「うん、うん、結構、結構。いや、うれしい、うれしい」

老人は内ポケットから、角のつぶれた名刺を七江にわたして歩き去った。七江はカウンターに向きをかえると、グラスのビールをひと息に飲んだ。

「知り合い？」

ぼくはたばこの火をもみ消しながら言った。

「ちょっとしたことで……」

七江はそれだけ言った。黙ったままカウンターの、グラスで濡れた部分を、グラスの底でいじった。

「調布って来たことある？　わたし、時々行く魚のおいしい店あるのよ」

七江が突然そんなことを言った。ぼくはまだ、調布に行ったこともなかったし、当然、調布で飲んだこともなかった。調布には七江のアパートがあるはずだった。

「今から調布の店に行ってみない？」

七江はぼくの目をじっと見つめて言った。七江のなかで、なにかがうごめいている。それはさっき老人に声をかけられてからだ。調布に行くことで、七江にある謎《なぞ》めいた翳《かげ》りが解《と》けるかもしれないとおもった。七江のアパートにもまだ行ったことがなかった。

調布まで、まず地下鉄で渋谷に出る。渋谷から井の頭線に乗る。さらに明大前で京王線の急行に乗り換えた。駅前は明るかった。ずいぶん遠くまで電車に乗ってきた気分になった。

七江は駅前の路地を先きにたって歩いた。細い路地に、〈魚河岸屋〉という墨文字の看板が見え、そこで立ち止った。

「ここよ」

七江が縄暖簾《なわのれん》をわけて引き戸を開けた。七江のあとから店に入った。

「らっしゃい」

店の主人らしい五十年配の板前が、カウンターのなかからよくとおる低い声で言った。七江とカウンターに並んで酒を注文した。

会社にいた頃は、仲間ともよく飲みに行った。女友だちと飲むこともあった。酒の勢いで、ラブホテルに転がり込んだこともある。会社の先輩にも酒場は連れ歩かれた。彼らの浮気のアリバイづくりに加担したこともあった。カウンターで、会社時代のそんなことを思い出した。この日はちょっとちがっていた。年上の女の、しかも女の住む町に来て飲んでいる。すでに女の肌にふれているような気分だった。

「おいしいよ」

ぼくはヒラメの刺身を口に入れて言った。

「よかった。ここまで連れてきた甲斐があるわ」

七江は言った。

「グルメなんですね、田中さん」

ぼくは七江に言った。

七江は自分でぐい呑《の》みに酒を注いで飲んだ。ぼくは自分の盃を飲みほした。七江がそれを見て注いだ。

「グルメって言うけどね……」

七江は言いかけてから声を少しおとした。

「食べることって、あのことに似てるって言うでしょう。食べること好きって、好色ってことになるわよね。わたしってそうかしら」

七江は酔いがまわってきていた。それはぼくも同じだった。

「そんなんじゃなくてですね。田仲さんは、あんがい食べものにうるさくて、料理なんか上手《うま》いんじゃないかなとおもって」

ぼくたちは、すでに二人で酒を三合ほど飲んでいる。店内はエアー・コンディショナーがよく効いていて、燗酒《かんざけ》を飲む温度には適していた。ラスト・オーダーを告げられるまでぼくたちは飲みつづけた。

七江のアパートへと歩いた。住宅街をはずれると、ところどころにこんもりとした屋敷森があった。七江はぼくの左側にきて腕を組んだ。足が少しよろけた。

アパートの隣りは宅地化された空地だった。「売地」という赤い文字の立て看板が丈《たけ》のある草におおわれていた。アパートはモルタル造りの二階建てだった。部屋は鉄製の階段を上った二つ目にあった。

ドアを開けると一メートル四方ほどの土間がある。土間のすぐ左手は六畳ほどのダイニング・キッチンになっている。流し台の横にはきれいにみがかれた皿やコーヒー・カップがあり、流し台の前の壁には、フライパン、レードル、それに泡立て器などがかけてあった。

「狭いでしょう」

七江はそう言いながらぼくを奥の部屋にとおした。八畳の和室にはグレーのカーペットが敷いてあって低い脚のセミダブルのベッドが置かれていた。ベッドには白い木綿のカバーがかけてある。窓には長方形をした小型のエアー・コンディショナーがとりつけられていた。これといったものはないが、室内には女の清潔感があった。

「シャワーならすぐとれるわ」

七江が言った。窓辺へ寄って外を見た。草におおわれた空地が見えた。風に吹かれる草は窓からの薄明りを受けて魚の群れのようにうごめいていた。

ぼくはシャワーを浴びた。バスルームを出ると部屋は涼しくなっていた。七江はノリのよく効いた男ものの浴衣を出してくれた。今度は七江がバスルームへと消えた。

七江の部屋には、エアー・コンディショナーをのぞけば特別に今風なものは何もなかった。一四インチのカラーテレビにしても、さほど新しい型ではない。近くのスーパーマーケットでもらったのか、店名入りのカレンダーが壁にかかっている。テレビの横に小さな引出しのついた物入れがあって、その上に楕円形の化粧鏡をのせていた。七江は毎朝この鏡に向って化粧するのだろう。

鏡の横に並ぶ化粧品にまざって、貝細工の人形があった。人形の台には伊東温泉と書いてある。部屋はどこか時代から置き忘れられた木箱みたいだった。

バスルームから出た七江は、うねる波模様の浴衣を着ていた。模様は扇面立涌文様《せんめんたてわくもんよう》だった。横にうねる波に扇面が組み合わさっている。それが七江の痩せた身体に張りついていた。

「ほら、見て。テレビの撮影でボート場使った時、わたしが写したの」

七江は引出しから数枚の写真を出した。今人気者のテレビ・タレントの顔が写っている。笑顔でボートを漕いでいた。

「よく撮れてるね」

ぼくは言った。

「わたしも時々ミーハーしちゃうのね」

七江は言った。ぼくはボートハウスでの女のポラロイド写真のことを口にしそうになった。

「女の人って、男の人を好きになると何んでもできちゃうのかな」

ぼくは七江の撮った写真をくり返しめくりながら言った。

「どうかしら。わたし、どうかしら。わたしは何んでもできちゃうわ、きっと」

七江はそうかもしれない。

ポラロイド写真の裸の女のことをおもった。彼女も相手の男を夢中で好きだったのだろう。

七江が横にきた。湯を浴びた身体から石鹸が匂った。七江の帯をほどいた。部屋の蛍光灯は、裸になった七江の身体をあますところなく照し出した。下腹部のゆるいふくらみが眠っているけものに似た息づかいをしていた。肌に血管が透《す》けて見えた。

七江を抱いた。女の胸に顔をふせた。乳首を口に含むと、白湯《さゆ》の味がした。七江の吐く息が耳をくすぐった。

「だめになる時は言って。わたし飲んであげる」

七江のそんな言葉が耳に残った。

しばらくの間ぼくたちはベッドで横になったままでいた。バスルームに行こうとした時、七江が電気を消してと言った。

シャワーを浴びた。ベッドへもどると七江は裸のままテレビを見ていた。画面の色どりが七江の白い肌を走っては消えた。

「少し窓開けよう」

ぼくはエアー・コンディショナーを消して窓を開けた。窓から風にさわぐ草の音がした。心地いい風が吹き込んだ。もう虫が鳴いていた。空に星があった。遠くを電車の走る音がした。

「ワインならあるんだけど、飲む？」

テレビを見ていた七江が言った。

「飲もうか」

ぼくたちの酔いは少し覚めていた。ワインは冷蔵庫に入っていてよく冷えていた。ぼくが栓《せん》を抜いた。

「バーゲンの時買ったのよ。あまりおいしくないかも」

七江はそんなことを言いながらグラスにワインを注いで飲んだ。やけに酸《す》っぱかった。ほんとうはもう何も飲みたくなかった。

「今日、赤坂の焼き鳥屋でわたし男の人に会ったでしょう。わたしが話した人」

七江が顔をあげて言った。

「あの人……。あの人、昔、刑務所で働いていたのよ。岐阜の笠松ってとこにある女だけの刑務所。ねっ、わかる。わたしの言ってること。こんなこと誰にも話してないし、話したいとおもわなかった」

七江はうつむいた。灰色のカーペットの上で、裸の両脚をかかえ込むようにして座っている。肩がわずかに震え、泣いているようにおもえた。

「誰にも言いたくなかったの。でもね、ボート漕いでるあなたのこと見てたら、今まであまりおもったことのない気持になってきて、いつかこのことは話しておこうって」

ぼくは今の七江にどう対処していいのかわからなかった。彼女がワインを勧めたのも、こんな話をするきっかけを作りたかったのかもしれない。ぼくは黙ったままでいた。七江はカーペットの表面を指でむしった。

どういう理由でそうしたのか、七江が伯父の家を出てはじめに働いたのは、蒲田《かまた》にあるスーパーマーケットだった。求人誌を見ての就職で、住居《すまい》には会社の寮があてられた。仕事はチーム制で、各チームに一人だけ男の主任がつく。主任のほかはほとんど二十代の女だった。七江はまだ二十代になっていなかった。

七江に万引き癖があったわけではない。よく言われる出き心だろう。魔がさすという言葉もある。

週二回ある夜勤の時だった。商品管理室で、化粧品の箱を整理していた。箱には口紅がむき出しになっていた。「きれい」と七江はおもった。無意識に指が動き、数本が七江のスカートのポケットに入った。

七江のチームの主任は桑田という三十五になる長身の男だった。七江は運が悪かった。ポケットから手を出した時、うしろに桑田が立っていた。七江はすぐ彼の部屋に連れていかれた。桑田は七江のはじめての男になった。

もしかしたら、運が悪かったのは桑田の方だったのかもしれない。彼にしても、日頃からそう女癖の悪い男ではなかった。むしろ七江のことで女遊びに火がついた。桑田と七江との関係はその後ずるずるとつづいた。しばらくして七江はスーパーマーケットをやめ、川崎駅近くのバーで働くことになった。桑田の言いなりにアパートを借りた。桑田は毎日のようにやってきては七江の若い身体をむさぼった。

七江にしても、桑田が嫌だったわけではない。七江の身体は、それなりに桑田をいつも待っていた。そんな桑田が、時折り若い女を連れて七江のアパートにくるようになった。桑田は七江の前で女とじゃれついた。桑田の七江に対する態度はますますエスカレートしていった。七江の貯金を持ち出し、女やギャンブルに使った。

雨だった。七江は二十一になろうとしていた。桑田は例によって若い女を連れてきた。二人とも泥酔していた。

「これから二人で温泉に行くんだ。七江、金を出せ」

　桑田はそう言った。この時ばかりは、七江は頑《かたく》なにそれをこばんだ。桑田は七江の髪をつかんで頰を打った。七江は台所に逃げた。流し台の横に包丁があった。七江は桑田を刺した。男と女の古典のような話だ。ぼくは黙ったまま七江の話を聞いた。草の上を吹く風の音がした。

　桑田は死ななかった。裁判の席上、桑田がスーパーマーケットの売り上げを七江に横領させていたことが告発された。桑田はそれを認めた。七江は一年半の実刑を言いわたされた。

　八月も終りに近づき、きびしい残暑がつづいた。あれから何度か七江のアパートへ行った。三度目だったか四度目だったか、七江のアパートには金魚が飼われていた。金魚鉢のふちが、青い波のようにうねうねとくねっていて、水草のなかで赤と白を配した金魚が泳いでいる。七江は金魚鉢を両手で持って部屋の蛍光灯にかざした。

「きれいでしょう。リュウキンって言うんだって。江戸時代に琉球から渡ってきたの。

ちゃんと調べたのよ」

金魚を見ていると、ほかのいろんなことを忘れられると言った。

朝、ボートハウスへと歩いていた。いつも清政橋までくると、蟬の声が聞えてくる。ボート場の桟橋近くで、誰かがボートに乗っていた。ぎこちない漕ぎ方をしている。それが七江だとすぐにわかった。

ボートハウスに下り、桟橋に行った。

「早いね」

ぼくは言った。

「わたしの漕ぎ方どう？」

七江がボートの上で言った。

「ボートの方がいっしょうけんめいだ」

ぼくは笑いながら言った。七江は、ぷっと頰をふくらませて睨《にら》んだ。

「わたし泳げないんだから、がんばってボートくらいうまくなるわ」

ぼくは七江が泳げないことをその時はじめて知った。

ぼくは七江のボートに乗り込んだ。ボートがゆれた。七江からオールを取ってゆっくりと漕いだ。水面が大きく輪を描いた。七江はじっとボートを漕ぐぼくを見ていた。その後、七江は時々一人でボートに乗った。少しずつだが、オールさばきにも慣れてきていた。

天気図を見ると八丈島付近に小さな台風の渦があった。家を出ると、風が少し強く感じられた。ボートハウスに向う清政橋で七江と会った。グレーの麻のタイトスカートに白いブラウスを着ていた。ブラウスは半袖で、薄いブルーのストライプがあった。ボートハウスに着いてからいっしょにコーヒーを飲んだ。

「まだまだ暑い日がつづくわね」

七江が言った。ぼくは「うん」とだけ答え、いつものようにボート場のなかをひと廻りした。蟬の声は、油蟬からつくつく法師に変っていた。季節の微妙な変化を彼らは知っている。

午後になってもボート客はほとんどなかった。時折り突風が吹いた。静かな水面に波が走った。

「わたし、ボートに乗ってくる」

このところ、七江はよくボートに乗った。漕ぎ方も、以前にくらべみちがえるほど上達していた。七江が栈橋に下りていった。ぼくは料金窓口に向った。陽の照りつける清政橋を、足早に歩いていく人たちが見える。時々、七江の置いていった週刊誌に目をやった。退屈な午後だった。

画材屋で見たポスターのことを思い出した。それは大手の食品メーカーが、食べ物をテーマにしたポスターを募集しているものだった。グランプリになれば賞金は百万円となっていた。いつになくぼくの気持が動いた。

「やってみようかな……」

こんなことをおもったのは久しぶりのことだった。その場でポスターから、締切り日などをメモしていた。

小一時間たったが七江はもどらなかった。ボート場の方へ目をやった。水面が油のように光っている。ぼくはまた料金窓口に向った。うとうととした。それは数分のことだった。時計を見ると、午後の三時をすぎていた。七江はまだもどらなかった。風がいくぶん強さを増していた。栈橋に下りた。西陽がまぶしかった。手をかざして水面を見た。七江のボートはなかった。

ボートハウス横の石段を上り、清政橋の真ん中に立った。西陽に手をかざして遠くの水面を見た。目にぼんやりと霞《かす》んで七江のボートが入った。ボートに七江はいなかった。

栈橋に駆け下りた。近くにあったボートにとび乗った。七江はどこへ消えたのだろう。そのおもいだけが頭のなかを駆けめぐった。七江のボートに向って必死で漕いだ。七江のボートは、オールを両側にだらりとぶらさげたまま浮んでいた。七江の黒い靴が片方だけころがっている。どこに行ったのだろう。ぼくはまだ七江のことをそうおもっていた。頭のなかが真っ白になった。

突風が吹いてボートがゆれた。ボートはぎしぎしと音を立てた。

「もしかして……」

ようやく最悪の事態をおもった。

七江のことを赤坂見附の交番に連絡した。時刻はすでに午後の五時をまわっていた。夜遅くなって、七江のアパートにも電話を入れた。七江はもどっていなかった。雨が降りはじめ、風はさらに強まった。

翌朝、晴れていたが、湿度の高い不快な暑さだった。急に雨雲が出ては夕立ちのような雨が降った。時折り風が息を溜めて吹いた。台風は北上をつづけているようだった。

清政橋の上に背広姿の男二人と数人の警察官が立っていた。赤坂署からの刑事と警察官だった。紺色の作業服を着た男たちが七江の乗っていたボートを調べたり、指紋を取っていた。公園の管理事務所の責任者もやってきた。当然、ぼくはいろいろと尋問を受けた。

七江の捜索は、強い風雨のなか夜を徹して行われたらしい。二十人ほどの捜索隊がきており、そのなかには五人のダイバーがいた。捜索隊は、先きにひっかけの付いた長い竿を水中に突っ込んだりした。竿になにかがふれると、ダイバーが呼ばれ水中に潜った。

台風が房総半島に上陸し、その夜、東京も暴風圏に入った。唸りをたてた風が吹き、バケツの水をぶちまけたような雨が夜の街を殴打した。ぼくは眠れないまま、風や雨の音を聞いていた。何度も寝返りをくり返した。

「わたし、ボートに乗ってくる」

そう言って桟橋に下りていった七江の笑顔がうかんだ。

蟬が鳴いていた。風で梢《こずえ》がさわさわと騒いだ。夜のうちに台風は去っていった。陽ざしは強かったが、空には心なしか秋空の青があった。

ボートハウスのなかで、ぼくは「おーい、おーい」と誰かを呼ぶ捜索隊の声を聞いた。何かあったらしい。ぼくは桟橋へと走った。

七江は泥にまみれてボートのなかに横たわっていた。胸ははだけ、乳首は小豆《あずき》色に硬直していた。はいていたスカートはなかった。ストッキングが破れ、性器の部分には溝《どぶ》色の土が詰っていた。それは半開きになった口のなかにもあった。ストッキングの破れた穴には、黒い百足《むかで》に似た虫が数匹からまってうごめいていた。

「田仲七江さんにまちがいないね」

この捜査をずっと指揮していた藤島という刑事が言った。ぼくは肯《うなず》いた。

「おい、仏の目を閉じてやれ」

藤島刑事が言った。捜査員の一人が、慣れた手つきで七江の目を閉じた。七江の肌は蠟《ろう》のように光っていた。ぼくは自分のハンカチを水に濡らし、七江の顔の泥をぬぐった。できることなら七江の身体もきれいにしてあげたかった。風が吹いた。閉じた七江のまつ毛がかすかにゆれた。晴れわたった空を雲が流れていった。

「よーし、みんな御苦労。よく頑張ってくれた。カバーかけてくれ」

藤島刑事が言い、七江の身体に黒いカバーがかけられた。このあと、七江は病院で司法解剖されると聞かされた。立ち合うかとも訊かれたが、それはとてもできることではなかった。

七江の死は、解剖の結果、事故死と判断された。遺骨は、萩の両親が上京して引き取っていった。暑い日がつづいていた。

八月が終った。残暑は九月になってもつづいた。画材店で見た食品メーカーのデザイン公募には、なんとか間に合って出品した。はっきりとはわからないが、このことで自分にまたちがった何かが広がってくる予感がした。ボートハウスのアルバイトはやめていた。清政橋の方へ散歩で出かけることもなかった。時折り七江のことが思い出された。それは漂流者のようだと言って、二人でボートハウスの小さな窓から雨の降るボート場の水面を見ていたことや、七江の熟れた身体のことなどだった。

秋になり、風が肌寒くなった。

ぼくは仕事として雑誌のレイアウトなどをはじめていた。忙しい時もあった。渡米の話なども出ていたが、すべてはまだ漠然としていた。

秋の空が広がっている。

赤坂見附から清政橋へと歩くのは久しぶりのことだった。七江が死んでから、このあたりへはほとんどきていなかった。

ボートハウスへの石段を下りた。料金窓口で一時間の料金を払った。窓口には知らない顔の中年女がいた。七江の着ていた水色の制服を着ている。栈橋からボートに乗った。風がつめたく感じた。真夏の照りつける陽ざしが懐しかった。何もかも、あの夏の陽ざしのなかですぎていった。

風が吹いた。風は青蜜柑を剝《む》いた酸っぱさを残した。オールで水を切った。水しぶきにはオブラートのような柔らかさがあった。ボートはすっと進んだ。

薔薇の葉書

幼かった頃、佐知子《さちこ》は母親の左目に動きのないことをふしぎにおもっていた。それは死んだ魚の目に似ていて、じっと見つめられることが怖かった。やがて母親の左目が義眼だと知った。小学校に入学した頃は母親のことでいじめっ子にからかわれた。魚の目、魚の目とはやしたてられてよく泣いた。そのことが佐知子を卑屈にした。さらに表情に翳《かげ》りをつくった。

ぼくが佐知子を知ったのは四谷一丁目にあるタカラ理髪店だった。佐知子はそこで働いていた。タカラ理髪店は四谷一丁目の新宿通りを少し三栄町《さんえいちょう》の方へ寄った通りにあり、店は主人とその奥さん、そして佐知子の三人だった。

ぼくは大学を出て就職もしないまま渡ったアメリカから帰国したばかりで、これという職も見つからないまま、従兄の開いているアンティーク・ショップを手伝っていた。従兄はぼくより十歳年上で、店で扱っている商品は主に古い時計などだった。

ぼくは美術系の大学を卒業し、そこでは工業デザインを専攻していた。いずれその分野で働きたいとおもっていたが、従兄の店で気に入ったロンジンの古い懐中時計を無心したことから彼の店を手伝うはめになってしまった。商売は苦手だったが壊れた古時計を直したりするのは得意だった。従兄はそれなりにぼくの存在を重宝していた。

はじめてタカラ理髪店に入ったのは梅雨が明けたばかりの暑い日だった。ぼくは理髪店をさがしていた。お昼の食事をすませ、ぶらぶらと四谷の新宿通りを三栄町の方へと歩いた。路地を入ると、くねくねとまわっている理髪店の赤と青の電気サインが見えた。

理髪店の前に来た。縦に線の入ったガラスのドアに、「タカラ理髪店」と書かれていた。ぼくがまず興味を持ったのは、カット代の示されたガラスのウィンドーに、頭をきちんと七三に分けたサラリーマン風の男が、宝を積んだ荷車を引いている漫画タッチの絵が飾られていたことだった。絵を見ながら、まるで鬼退治をして引き上げる桃太郎みたいだなとおもった。ぼくはタカラ理髪店のドアを引いた。客は誰もおらず、ぼくはすぐに散髪用の椅子にすすめられた。

ここの順序らしく、はじめに顔を剃刀《かみそり》であたってもらうことになった。椅子が倒され顔を蒸しタオルがおおった。一瞬、女の細い指と髪を引っつめた色白の顔が見えた。ぼくは目を閉じた。女は泡立てたシェービングクリームを顔にぬり、丹念に剃刀を顔にあてた。時折り女の息づかいが耳もとでささやくように聞えた。ラジオからは石川さゆりの歌が流れていた。

椅子が起され閉じていた目をあけた。客が二人ほど入っていた。女は客の一人を椅子に上げ、ぼくと同じように蒸しタオルを使った。主人がぼくの髪を霧吹きでしめらせ首すじの方から鋏《はさみ》を走らせた。ぼくは時折り目の前の鏡に映る女に目をやった。身長は一六〇センチほどで痩せていた。理容師の着る白い作業服がよく似合う。右手で黒いキャップのついた西洋剃刀を持ち、左手で客の顎の皮膚を引きのばして髭をあたっている。細い指が艶《なま》めかしく動いた。

「お仕事、お近くですか?」

鋏を器用にさばきながら主人が言った。ぼくは近くだと答え、従兄のやっているアンティーク・ショップの店名を言った。

「ああ、オールド・ボックスですか。あたしも時々覗いたりするんですよ。ここんとこちょっと行ってませんがね、たまに顔を出しますよ」

主人は骨董が好きらしく、従兄の店をよく知っていた。

「ウィンドーの絵いいですね。ポップな感じで気に入りましたよ。どなたが描かれたんですか?」

ぼくは入口のウィンドーにある宝の荷車を引くサラリーマンの絵のことを言った。

主人は一瞬鋏を止め、自分が描いたのだと言って気のよさそうな照れ笑いを見せた。

「絵はお好きなんですか?」

ぼくは言った。

「ええ、まあ、小学校の時の図画は得意でしたね。よく壁に貼り出されたりしましたよ。将来はイラストなんかやりたかったんですがね。なんせ親の商売がこっちだったもんで」

主人は今まで使っていた小鋏を梳《す》き刃のついた鋏に替え、ぼくの髪を梳いた。真剣な目くばりだった。この人はどちらかというと、理容師よりは料理屋の板前といった雰囲気があった。

その後、ぼくは髪がのびるとタカラ理髪店へと出かけた。七月、八月と、例年になく涼しい夏がすぎ、九月になった。暑さはむしろ九月になって襲ってきた。

その日も朝からじりじりと夏のような陽が照りつけていた。従兄の店へはいつも午前十一時頃に入る。自宅の赤坂からは近いので、朝はあんがいのんびりとできた。

「おい、そういえばこの前、床屋の主人が見えたぞ。お前のこと言ってたよ」

ガラスのケースを拭いていると従兄が言った。

「床屋の主人って、もしかしてタカラ理髪店の？」

「そうらしいな。たしか、先週の月曜日だったかな」

その日ぼくは友人と幕張で開かれているオート・ショーに出かけ店を休んでいた。

「あの主人、とっぽい親父だな。古時計にはくわしいとかでいろいろ能書き言って帰ってったよ。若い女を連れちゃってさ」

従兄はそう言うと奥の方から、コーヒーの入ったカップを二つ持ってきた。店内にコーヒーの香りが広がった。ぼくたちはコーヒーを飲んだ。古い柱時計が時ならぬ三時を打った。タカラ理髪店の主人が連れていたという女のことが気にかかった。

「床屋の主人、どんな女の人連れてたの？」

ぼくは言った。

「どんな女？　特徴はなかったな、普通だよ。若いったって、そうだな二十六、七って感じかな。うん、まるで普通なんだけど、見ようによってはちょっといやらしいものもあったかもしれないな。あの手の女」

従兄はコーヒー・カップを置くと立ち上り、古い柱時計のねじを巻いた。ねじの音はひと頃熱中して読んだ錬金術の本のことなどを思い出させた。またタカラ理髪店の主人の連れていたという女のことが頭をかすめた。

残暑がつづいた。週末の午後、タカラ理髪店へ行った。三度目だった。その日、いつも顔を剃ってくれたり髪を洗ってくれる女が小谷《こたに》佐知子という名前だとはじめて知った。店では佐っちゃんと呼ばれていた。化粧っ気のない顔に口紅だけを引いている。ふと従兄の言っていた、理髪店の主人といっしょにきた若い女は小谷佐知子かもしれないとおもった。

小谷佐知子はこれといって特徴のない顔立ちをしていた。ぼくは主人に髪を刈ってもらいながら、時々小谷佐知子の仕事ぶりに目をやった。西洋剃刀を持つ右手の小指が、写真で見たバリ島のレゴンダンスの踊り子のように反り返っていた。しなやかだった。時々客の言う冗談に笑顔を見せることもあった。

小谷佐知子についていろいろと考えた。理髪店で働く若い女というのは、いったいどういう動機を持っているのだろうか。そのことを知りたかった。タカラ理髪店の主人のように、家業がそうだったのだろうか、美容院ならまだわからないこともないのだ。いずれにしても男の髭を剃刀で剃ったり、髪を洗ったりするのは誰もが好むものではない。きゃしゃな指で西洋剃刀を扱う小谷佐知子の姿が妙に色っぽく感じられた。

十月に入りじめじめとした雨がつづいた。気温も急に低くなった。北の方からは紅葉のニュースなどがつたえられた。

その日も雨だった。いつもは通りがかりの閑人《ひまじん》が油を売りに覗く程度のアンティーク・ショップに、閉店間際どやどやと客があった。従兄もはじめから売れないとおもって置いていたパテック・フィリップ社の腕時計が七十万円で売れた。ムーンフェイズのカレンダー付きだった。その数分後、オリベッティ社の古いタイプライターが五十万円で売れた。こんなことは今までになかった。客の応対に追われ、店を出たのは夜の八時すぎだった。外はまだ雨が降っていた。どこか人恋しい気分にさせる雨だった。ぼくは足早に四ツ谷駅の方へと歩いた。

四ツ谷駅の交差点で信号が赤になった。信号を待ちながら、ぼくはふと横合いから視線を感じその方を見た。赤い傘をさした女が軽く会釈《えしゃく》した。小谷佐知子だった。

「お帰りですか?」

ぼくはいつになく明るく声をかけた。

「ええ」

小谷佐知子は小さく答えた。

「こんなところで逢うなんて。もしよかったら、コーヒーでも飲みませんか?」

はずみとでもいうのか、ぼくは何年ぶりかで会いたい人にやっと出会ったかのようなさそい方をした。小谷佐知子は一瞬ちらっと左腕の時計を見てから、「ええ」と言った。

ぼくは小谷佐知子を駅前にある喫茶店にさそった。肌寒い雨の降る外にくらべ、喫茶店のなかは人いきれで蒸し暑かった。ぼくも小谷佐知子もコートを脱いで隣りの空いている椅子の上に置いた。コートを脱ぐ女からひんやりとした風が流れた。コートの下にはグリーンのVネックのセーターを着ていた。二人でアメリカン・コーヒーを注文した。

「お店の方忙しいんでしょう？」

　はじめに小谷佐知子がアンティーク・ショップのことを訊いてきた。

「今日はたまたま閉店間際に大口のお客があって、それでこんな時間になって。いつもはカッコウ、カッコウです」

　ぼくははこばれてきたコーヒーをすすった。

「なんですか？　カッコウ、カッコウって？」

　小谷佐知子もコーヒーをひと口飲んで言った。

「閑古鳥が鳴いてるんですよ。暇で暇で。古時計の振り子の音がカッコウ、カッコウって聞えてくるんです」

「おかしい。閑古鳥ってカッコウ、カッコウって鳴くんですか？」

「閑古鳥はカッコウのことですからね。今度ぼくの店にきてください。いつでも鳴いてますから」

　小谷佐知子は口を押えて笑った。

「わたし、一度行ったことあるんですよ。オールド・ボックスでしょう。店の主人の散歩につき合ったんです。お店の方、いろいろ親切に説明してくださって」

小谷佐知子がそう言ったので、従兄の話していたことを思い出した。タカラ理髪店の主人といっしょに店にきたのはやっぱり彼女だったのだ。普通の女だが見ようによってはいやらしいものがあると言っていた従兄の言葉は彼にしてはなかなかの慧眼《けいがん》だった。

ぼくたちは小一時間ほどして喫茶店を出た。雨がやみ、あたりは深い靄《もや》が立ち込めていた。小谷佐知子は吉祥寺のアパートに住んでいるらしかった。ぼくは上智大学の土手を歩いて帰りたい気持になっていた。

「雨がやんだんで、あの土手を歩いて帰ります」

ぼくは四ツ谷駅に下りる石段から靄《もや》につつまれている土手を指さして言った。暗い土手の後方で高層ホテルの窓灯りがオブラートでつつまれたようににじんでいた。

「あの土手を行くと、たしか赤坂見附でしたね」

小谷佐知子が言った。土手を行き、ホテルのある紀尾井坂を下ると左手が清水谷公園、さらに行くと弁慶橋があって橋を渡るとすぐに地下鉄の赤坂見附駅だった。

「わたし赤坂見附までいっしょにいっていいですか」

土手の方へ歩きかけようとしたぼくに小谷佐知子が言った。ぼくには断る理由がなかった。二人で土手の方へと歩いた。時刻は夜の十時に近かった。途中、上智大学のグラウンドの見えるところで立ち止った。土手の谷間にあるグラウンドは、立ち込める牛乳色《ミルク》の靄の底に沈んでいた。緑青《ろくしょう》の浮いた銅引きの迎賓館の屋根が眠っている龍の尾っぽのように見えた。

「東京オリンピックの前は、あそこを都電が走っていたみたいですよ」

ぼくは迎賓館横を四谷から赤坂方面へと下る紀伊国坂を指さした。街路灯を浴び、色づいたプラタナスの葉がゆれていた。

「四谷に親戚《しんせき》があったんで、子供の頃はよく赤坂からこの土手を走って遊びに行ったりしたんです。男と女がキスしてるのもここで見たんです。はじめてだったんで胸がどきどきして」

ぼくは黙ってしまってはいけないとおもい口から出まかせに喋りつづけた。

「ほんとに東京の真ん中で育ったのね。わたしなんかずっと田舎よ」

「どちらですか？」

ぼくはたたんだ傘の柄を指でぶらぶらと振りながら訊いた。

「秋川市ってところ。知ってます？」

「知ってますよ。小学校の遠足でも行ったことがあるし、そのほかにも何度か」

「よかったわ、知られていて」

「今は？　家族はまだ秋川に？」

「ううん、もう誰も。両親も死んだし、兄も今は名古屋だし、わたしもこんなんだから」

紀伊国坂を下り、清水谷公園にくると前方に弁慶橋が見えた。ぼくたちはまだ煌々《こうこう》としている赤坂の夜の光のなかへと吸い込まれるように橋を渡った。

「それじゃ、また」

別れ際にぼくは言った。

「はい、お元気で」

小谷佐知子が言った。彼女は軽い笑みをうかべ手を振って地下鉄への階段を下りて行った。

木枯しが吹き、季節は冬になった。ぼくにはふしぎにおもえることがあった。それは赤坂見附駅で別れてから、小谷佐知子の姿を見ていないことだった。タカラ理髪店にもあれから数回出かけたが、彼女はいなかった。

「佐っちゃんは休みですか？」

ぼくはそんな訊き方で小谷佐知子のことを尋ねたことがある。

「うん、何んかね、身体の具合が悪いとかでね。しばらく様子を見てみなって言って休ませてんですよ」

主人の答えもなんだかあやふやとしたものだった。

そんなある日の夜、ぼくは赤坂みすじ通りでタカラ理髪店の主人とばったり出会った。彼はだいぶ酒を入れているようだった。

「やあやあ、こりゃ奇遇だね。ま、いいところで会った、ちょっと、ちょっと、そこの焼き鳥屋でビールでも一杯」

彼はぼくを赤坂見附駅近くの焼き鳥屋へとさそった。

「この店の前はよく歩くんですが入ったのははじめてです」

ぼくはせわしげにビールを注ぐタカラ理髪店の主人に言った。彼は手酌でひと息にビールを飲んだ。

「まあ、好きなもの焼いてもらってくれ。いやあ、あんたには聞いて欲しかった。いやあ、ここで会えてよかった」

主人が聞いて欲しかったという話は、彼と小谷佐知子とのことだった。

「あの女《こ》がうちにきたのは二年ほど前でね。その前は女房と二人でやってたんだが、手が足りんもんで、知り合いのいる上野の理容学校に募集を出したところ、何人かが働きたいって言ってきましてな。そのなかで選んだのが佐っちゃんというわけで。まあ、よくやってくれる女《こ》で、客にも評判はいいし、大助かりだったんだがねえ。女房の奴が、このところ妙に勘ぐりはじめやがってね」

彼はすでに酔っていた。話しながら数回くしゃみをくり返した。ぼくは彼が話し出すのを待った。

「いやね。通うのが大へんそうだから近くにマンションでも借りてやろうとおもい、その相談にとちょっとホテルにさそったところ、あんがい素直に付いてきましてね。それがばれちまったんですよ、女房に。大声でわめかれましてね。首にしろって言ってきかんもんで仕方なくやめてもらったってわけで。まっ、ホテルにさそったのはちよっとは反省してんですがね」

主人はしょんぼり俯いた。ぼくは彼のグラスにビールを注いだ。

「佐っちゃんからは連絡ありませんか？」

ぼくは言った。彼は顔をしかめ手を左右に振った。

「ねえ、どうしてんだろうねえ。まあこの世界、包丁一本じゃないけれど、鋏と剃刀で渡って行けることは行けるんだが。佐っちゃんも二十八だしねえ。いい肌をしてるんだなあ、またあの女《こ》が」

タカラ理髪店の主人は、またグラスのビールをぐっと飲みほした。そのあとの目つきには、この人にはじめて感じる鋭さがあった。目じりの深い皺《しわ》がいっそう眼光を強めた。

「あれはやくざだぞ。やくざの女だ。胸に刺青《いれずみ》がしてあるんだ。ええっと、左だ。確か左の胸に薔薇《ばら》の刺青が、真っ赤にな」

話を聞きながら、薔薇か……、とおもった。陳腐な花だ。その刺青が小谷佐知子の左胸にあるというのだ。決して不似合いではない。なんだか辛い気持になった。

アンティーク・ショップの方は相変らずのんびりとした日がつづいていた。従兄が持ってくる壊れた時計を分解し修理の手を加える。やがて歯車がちっちっちっと生き返った小鳥のような音を立てる。楽しみと言えば、唯一そのことだった。

十二月に入って突然従兄がパリに行くと言い出した。一週間の予定で、年末のパリ郊外で開かれる骨董市を廻るのだという。

「年末のノミの市は掘り出し物の宝庫だからな」

従兄はそう言って出かけて行った。ぼくは一人で店番をすることになった。

「値切られたらな、ある程度まで値を落すんだ。タイミングだからな。儲けになるいちおうの値を決めといてな、さらに少しずつ値を落していくんだ。物の価値についてはは素人な顔をしてた方がいい。だいたい骨董なんて値があってないようなもんなんだ。マニアだったらいくらでも出すさ」

時々、従兄の言っていたことを思い出した。従兄のそんな気がねとはうらはらに、店にやってくるのはほとんどひやかしの客ばかりだった。ぼくは自分の職探しのため、時々求人誌などをめくっていた。

大晦日の近づいた午後だった。ぼくは複雑に故障した時計の修理に手こずっていた。店のガラス戸が引かれ、ひと組の男女が入ってきた。男は四十がらみで、長身の痩せた身体をしていた。色白で頬骨が高く、唇は女のように赤かった。女の顔はよく見えなかったがまだ若く、黒いふちのサングラスをかけ、カシミアらしい葡萄《ぶどう》色のオーバー・コートを着ていた。黒いストッキングにつつまれた脚は生白く透けて見えた。

「おう、これよこれ。俺は毎日この時計のねじを巻くのが役目だったんだ」

男は壁に掛った柱時計を見て言った。ドスの利《き》いた低くよく響く声だった。女が男の方にすり寄った。

「この時計見ると、どうしてだかおふくろの割烹着姿を思い出してな。兄さん、この時計いくらだい？」

突然、男に言われ、ぼくは時計を修理していた手を止めた。男のいう時計は、昭和初期のセイコー製の柱時計だった。値段を言うと、男はポケットからくしゃくしゃになった一万円札を出し、それを数えてからガラス・ケースの上に置いた。六万円だった。ぼくは柱時計を箱に入れて包装しようとした。

「ああ兄さん、そのままでいいさ。前に車が止めてあるんだ。それよりよ、時計の音聞きてえな。ちょっと鳴らしてみてよ。もうすぐ四時だから針を合わせてくれよ」

ぼくは言われたとおり、時計の針を四時に合わせた。ぼーん、ぼーん、ぼーん、ぼーん。時計の音には古い畳部屋の寒さがあった。

「ありがとうよ」

男は子供のような表情を見せ柱時計を脇にかかえて店を出ていった。そのあとをついて出ようとしたサングラスの女がぼくを振り返った。

「お世話さまね」

女はちょっとだらしない口調で言い笑みをうかべた。あっ、とおもった。女は小谷佐知子によく似ていたのだ。サングラスはかけていたが、微笑んだ口もとが小谷佐知子にそっくりだった。

「あれはやくざだ。やくざの女だ」

タカラ理髪店の主人の言葉を思い出した。左胸にあるという薔薇の刺青がうかんだ。

年が明け、一月はずっと好天がつづいた。二月に入り二度ほど雪のちらつく日があった。そんな折り、ぼくの身辺にちょっとした朗報が入った。店の客で、ある商事会社の重役が山手線の大崎に工場を持つR時計の面接を受けるよう取りはからってくれたのだ。R時計と言ったら、日本でも大手に属していた。

二月の最後の木曜日だった。ぼくは面接のため渋谷にあるR時計の本社に出向いた。寒気団に覆われた東京は、朝からきびしく冷え込んでいた。鉛色の雲には、雪を呼んでいる気配があった。

面接は数分で終った。R時計の本社を出ると雪がちらついていた。やっぱり雪になったかとおもった。東急文化会館からの連絡通路を渡り地下鉄銀座線の乗り口へと向った。通路の汚れたガラス窓に雪が吸いついては溶けていった。雪のなかを鳩《はと》が飛んだ。

赤坂の一ツ木通りで蜜柑を買ったのは何んの意味もなかった。老夫婦でやっている小さな果物店があり、ぼくはよくそこで季節の果物を買っていた。蜜柑をふた山買った。主人は寒そうに蜜柑を古い新聞紙で包み、輪ゴムで留めた。今時こんな包装をする店はどこにもない。ニューヨークの市場みたいなワイルドさが好きだった。

雪が強くなった。蜜柑の包みをかかえて足早に家へと歩いた。途中、包みを持ち替えようとした時、ふと新聞のなかの写真に見憶えのある顔を見つけ足を止めた。あの男だった。年末の午後、突然オールド・ボックスにやってきて柱時計を買っていった男だ。新聞には「抗争中の暴力団幹部射殺さる」とあった。男の名は宗方直樹と書かれていた。小谷佐知子はどうしているだろうか。ぼくはあの時、男といっしょにいたサングラスの女をおもった。

四月、桜が終り、ぼくはR時計の設計部に入社した。時計に精通していることや、アメリカ仕込みの英語力を評価されたのか、待遇は悪くなかった。ぼくは赤坂の家を出て、井の頭線の久我山に2DKの中古マンションを借りた。はじめの三カ月ほどは研修を兼ねて大崎にある工場の方へ通うことになった。毎日井の頭線で渋谷へ出て、そこから山手線に乗り換えた。

五月のゴールデン・ウィークの終った土曜日、ぼくは工場に忘れた資料にその日のうちに目を通す必要があり、休日出勤をした。いつも通る乗り換え通路にTデパートのお茶売り場がある。新茶が出たのか売り子たちの声に活気があった。通路には茶を煎じる香ばしい香りが漂っていた。売り子たちは久留米絣《がすり》に赤い木綿の前掛け、それに手拭いの姉《あね》さんかぶりという茶摘み女の恰好で通る人に呼びかけている。

可愛いなとおもった。ぼくはそれとなく、売り子たちの方を見た。一人の売り子と目が合った。小谷佐知子だった。

雨期が近づいていた。五月の空は白く、連日膿《う》んだように晴れわたった。風にそよぐ木々の葉かげから、性に果てた男の液体が匂った。

「もう起きなくちゃ」

佐知子がベッドのシーツに顔を埋めて言った。ぼくは指で女の背骨を腰の方までゆっくりとなぞった。女はわずかに身体をくねらせた。

Tデパートのお茶売り場で偶然再会したことが、ぼくと佐知子の関係の始まりだった。男と女が、何かをさぐり合いながらそうなるのと違い、ぼくたちはそれをお互い待っていたかのようにそうなった。佐知子の胸にある薔薇の刺青は、おもった以上に陳腐だったが、赤い薔薇は女の白い肌で美しく咲いていた。

はじめて佐知子を抱いた夜、彼女は子供の頃の話をした。

母親の左目が義眼だったこと。そのことでよくからかわれたことなどだった。屈折した気持は被害妄想を高め、やがて自棄《やけ》を起すようになった。せっかく入った高校も中退し、あげくの果ては家をとび出し、手に職をつけようと、バーで働きながら理容学校に通ったという。母親がどんなことで左目を失ったかはわからないが、佐知子の気持は、まったく理解できないことではなかった。

バーで働いている時やくざの男に惚れ、その男から離れたくないばかりに胸に墨を刺した。

「雨の日に四谷で逢《あ》ってコーヒーを飲んだでしょう。あの時、すごく楽しかったの。うれしかったの。あんな風にさそわれてコーヒー飲むなんてはじめてだったのよ。つい迷惑も考えず赤坂までついていったりしちゃって」

佐知子は言った。タカラ理髪店をやめたのは、まだ関係のつづいていた男と店の主人とのもめごとをさけたかったからだと話した。男は、蜜柑を包んだ古新聞で見た宗方直樹だった。

佐知子との半同棲のような生活がつづいた。ぼくは二十六になり、佐知子は二十八だった。ぼくが佐知子に何を与えていたかはわからないが、佐知子を抱くことで肉体のしこりが癒されていたことだけは確かだった。

うっとうしい梅雨が七月も終りに近づいた頃になってようやく明けた。ぼくは佐知子が時々力のない咳をすることが気にかかっていた。

暑い日がつづいた。例年にないうだる暑さだった。マンションの窓辺にのびた隣家の柿の枝で蝉がしきりと鳴いた。

Tデパートに電話を入れた。ようやく予約のとれた伊豆のホテルに佐知子をさそおうとしたのだが、あいにく彼女は休みだった。アパートに電話すると、夏風邪を引いたといい寝込んでいた。夏風邪の癒えたあとも、佐知子の微熱はつづいた。

「海にでも行って気分転換すれば治るさ」

そう言って、ぼくはまた佐知子を伊豆の海へとさそった。夏の終りで、伊豆の海辺にはもうあまり人影がなかった。

海での二日間はよく晴れた。佐知子も水着を着て海に出た。刺青を気にしてか、時々胸に手をやった。

三日目は午後から雷をともなう雨になった。ぼくたちはしばらくホテルの窓から雨の海を見ていたが、雨は止む気配を見せなかった。東京へ帰ることにした。

帰りの電車のなかで佐知子が突然喀血《かっけつ》した。すぐ途中の駅から救急車で病院へと運ばれた。ぼくにはなすすべがなかった。佐知子に対しての自分の無力をあらためて知らされた。海にさそったことを悔んだ。

佐知子のいる療養所をたずねたのは十月に入ったばかりのよく晴れた日だった。ぼくは青梅市のJR線沢井駅で電車を降りタクシーに乗った。奥多摩の山々はまだ濃い緑につつまれ、抱き合うようにうねっていた。ぼんやりと喀血した時の佐知子をおもった。青ざめた顔が美しかった。二十分ほどで療養所に着いた。

受け付けで名前を言い、数分応接室で待った。佐知子は南天模様の浴衣の上に薄いピンクのカーディガンをはおって現れた。南天の葉が女の腰に張りついていた。やつれてはいたが表情は明るかった。

佐知子が医者の許可をもらったので、ぼくたちは療養所を出た。佐知子が近くを散歩したいと言った。

「元気そうだね」

ぼくは言った。

「療養所の先生もそう言ってたわ」

佐知子は化粧っ気のない白い顔で微笑んだ。

ススキの繁っている細い道を歩いた。道はゆるい上り坂になっている。少し行くと陽あたりのいい草原に出た。ぼくたちは草の上に腰をおろした。

「ほら、買ってきたよ」

ぼくは佐知子が好きだと言っていたヒロタのシュークリームの箱をバッグから出した。

「食べたかった」

佐知子はシュークリームの箱を開けた。ぼくたちは並んでシュークリームを食べた。佐知子が指についたクリームを舐《な》めた。仕種が少女のようだった。ぼくには佐知子の命がもうわずかしか残っていないようにおもえた。

「はい、椅子を倒しますよ」

佐知子が言った。ぼくはそのことがわかったので草の上に寝そべった。ぼくたちはタカラ理髪店でのことを、時々こんな風にして楽しんでいた。いつもはこんな時、佐知子の唇が重なってくるのだ。佐知子はそれをしなかった。結核という自分の病気を気にしているのだろう。起き上り、寝ころんだまま佐知子の浴衣の身八つ口に手を入れた。気のせいか胸が薄く感じた。佐知子は胸に触れているぼくの手首に唇をつけ強

TIME
SPECIAL INTRODUCTORY
RATE
SEE INSIDE
POST CARD

く嚙んだ。痛みが、佐知子の悲しみを感じさせた。

遠くから笛と太鼓の音が聞えた。ぼくは立ち上って音の方角を見た。村の道を子供たちが山車《だし》を引いていた。笛と太鼓の音が山々にこだました。山車のなかでは、おかめの面をつけた子供がひょうきんに踊っていた。

「秋祭りだ」

ぼくは佐知子に言った。彼女の手を引いて村の道の見える位置に立った。澄み切った青い空に、ため息のようなちぎれ雲があった。佐知子は村道を行く子供たちの山車をじっと見つめた。女はほつれ毛のように立っていた。佐知子のことが、どこかで投函された宛て先のない葉書のようにおもえた。薔薇の絵のついた葉書だ。

笛や太鼓が大きく響きわたり、やがて遠ざかっていった。

アマリリス

アビンドン・スクエアで、雪に濡《ぬ》れながら8番街を北上するバスを待っていた。バスは二両編成の電車のようにつながってやってきた。前のバスに乗った。雪はしきりと降っていた。バスは装甲車に似た音をたてて走った。窓ガラスに、凍った雪が絣《かすり》模様ではりついている。

時計は夜の十一時をまわろうとしていた。車内は、ぼくのほかに家族連れらしい黒人の四人だけだった。オリーブグリーンのプラスチックの座席が、間のぬけたくぼみをみせて並んでいる。

ぼくはグリニッジ・ヴィレッジのジャズスポットで、セロニアス・モンクを聴いての帰りだった。セロニアス・モンクもグリニッジ・ヴィレッジもこの日がはじめてだ。頭のなかでは、まだモンクのピアノが這《は》いまわったり、寝ころがったりしていた。

　運転手のすぐうしろの席に座り、バスの広いフロントガラスに流れる雪の夜景をぼんやり見てすごした。雪にぬれた靴《くつ》がつめたかった。そのためか、バスは深い夜の底を走っているようにおもえた。

　23ストリートのバス・ストップが前方に見えた。街路灯の下でしきりと手を振っている若い女がいる。女は雪のなかでのびあがるようにしていた。

　バスが止まり女が乗ってきた。女は雪で霜ふりのようになったPコートを、かるく手で払い、ぼくの前に座った。立てたPコートの衿で長い髪をつつみこんでいる。両手にねずみ色の毛糸の手ぶくろをしており、その左手に白い紙で巻いた花束を持っていた。花は毒々しく赤かった。

　何度か女と目が合いそうになったが、そのつど咄嗟《とっさ》に視線をバスの前方にうつした。人の表情を盗み見するような癖はないのだが、赤い花を持って目の前に座っているPコートの女が妙に気になった。女は東洋人だった。

　女の持っている赤い花のことを考えた。何んという名前の花だろうとおもった。

雪はしきりと降りつづいた。乗客のいない8番街を、バスはノン・ストップで北上する。ぼくは黒いメルトンのオーバーコートのポケットに手をいれた。右のポケットで、数枚の二十五セントのコインが、程よい温《ぬく》もりで指にふれた。背広衿の黒メルトンのオーバーコートは、東京で着ていたものだった。

ぼくの乗ったパン・アメリカン航空002便が、暮れなずむジョン・F・ケネディ国際空港の滑走路を舐《な》めるようにすべりこんだのは、一九六八年の二月だった。ぼくは二十三歳と七ヶ月になっていた。

空はどんよりとした重い雪空におおわれ、吹きだまりになったタクシー乗り場の通路に、つめたい風が鞭《むち》のような音をたてて吹きこんだ。タクシーをマンハッタンへと走らせた。運転手は赤ら顔の大男で、タクシーよりは大型のトラックでも運転した方が似合いそうだった。三センチほどの、火の消えた葉巻をだいじそうにくわえていた。ロングアイランド・エキスプレスウェイで雪になった。雪は風にあおられ、火の粉のように荒れ狂った。

渡米をおもいたったのは、半年ほど前のことだ。

美術系の大学でデザイン科を卒業したぼくは、主にデパート広告などで知られる小さな広告会社に入社した。仕事は退屈だった。毎日アメリカの雑誌などをめくって時間をつぶしていた。アメリカに気持が動いたのも、そんな雑誌の影響があるかもしれない。いずれにせよまったく安易なおもいが、ぼくをニューヨークに向かわせることになった。

マンハッタンに向かうタクシーのなかで、ぼくは漂流者みたいな気持でうずくまっていた。やがてタクシーのフロントガラスに、甲冑《かっちゅう》の騎士団のようなマンハッタンの夜景がにじんで見えた。とにかく、なんとかやってみなければとおもった時、ぼくは長い溜息《ためいき》をついた。

二週間ほどホテル暮しをした。新聞の求人広告から、42ストリートの6番街にある小さなデザイン・スタジオになんとか職を見つけることができた。ニューヨークにやってきても、これといった自信のようなものは何ひとつなかったのだが、大学時代、遊び半分でやっていた英会話がそこそこ通じてくれることがうれしかった。

デザイン・スタジオは、グリーンパークビルという三十階建てのビルにあり、スタジオはその十八階の一室にあった。スタッフは、中年の女性一人を含む八人で、全体にこぢんまりとまとまっていた。デザイン・スタジオといった雰囲気《ふんいき》よりも探偵《たんてい》事務所といった気分がニューヨークらしかった。

ビルの前にはブライアント・パークがあった。ブライアント・パークは42ストリートから5番街に沿った西側の一画を40ストリートまで占めているニューヨーク市立図書館の背面に裏庭のようにひっそりとある。公園はプラタナスの木に囲まれていた。

まずぼくのすることは、観光ビザを労働ビザに変えることだった。仲介にはユダヤ人の弁護士をえらんだ。仲介のための契約金は驚くほど高かった。それでも観光ビザのまま働いていて密告される不安からはのがれられた。日本人どうしの密告騒ぎを時々耳にしていた。折りしもアメリカはベトナム戦争の泥流《でいりゅう》に足をふみいれつつあった。ベトナムでのアメリカ軍は、当初の二万から二十万にふくれあがり、労働ビザを得るためベトナムに志願する日本人などもいた。

アパート情報をたよりに、83ストリートのヨーク・アベニューにアパートを借りた。ニューヨークに来てすでに一ヶ月がすぎていた。

グリーンパークビルには、地下鉄へと下りる階段がある。地下通路には理髪店や新聞、雑誌などを売るスタンド、それに小さなスタンプ・ショップがあった。スタンプ・ショップは店名を〈アンクル・サム〉といい、古い記念切手などを売っていた。

一階の通りに面したビルの入口には、カウンターばかりのコーヒー・ショップがあった。カウンターについている椅子は全部で十五ほどで、いつも満席だった。ぼくはランチタイムなどに、よくこのコーヒー・ショップを利用した。満席の時は、コーヒーとドーナツなどを袋にいれてもらい、ブライアント・パークのベンチで食べた。

女を再び見かけたのはそんなランチタイムだった。

雪の降りしきる8番街を北上するバスに、赤い花を持って乗ってきた東洋人の若い女だ。

女はあの時と同じように、Pコートの衿に長い髪をつつみこみ、寒そうに公園のベンチから足を投げだすようなかっこうで腰をおろしていた。Pコートのポケットに両手をいれ、投げだした靴のかかとで、地面のコンクリートでリズムをとるかのようにたたいている。時どき、公園を飛びかう鳩《はと》を目を細めて追ったりした。顔をあげると顎から胸もとへかけ、こわれそうなS字の曲線が走る。

ぼくが女とはじめて言葉を交したのは、一階のコーヒー・ショップで三度目か四度目に顔を合わせた時だった。いつも混《こ》み合うランチタイムなのに、ぼくたちはうまい具合に隣り合わせになったのだ。

「レイ。レイ・ダウン・チャンというの。みんなレイと呼ぶわ」

この時はじめておたがいの名前を知った。ぼくは一ヶ月と少し前に東京から来たことを話した。レイは南アメリカのコロンビア生れで、中国人だと言った。

レイ・ダウン・チャンは、グリーンパークビルの地下通路にあるスタンプ・ショップ、〈アンクル・サム〉で働いていた。

レイの仕事は、店の奥にある作業室で、切手の貼《は》ってある古い封筒などから切手を剝《は》がしていく作業だった。各地から仕入れてきた使用ずみの封筒から、めずらしい切手を択《えら》び、特殊加工されたスチームボックスに入れ、ピンセットを使って一枚一枚きれいに剝がしていくのだ。これは稀《まれ》なことだが、ちょっとしたプリントのミスなどが、その切手を貴重品にさせることがあった。

「子供の頃、切手をコレクションしていたことがあるよ」

ぼくは言った。

「お店にあそびにきて。めずらしい切手がたくさんあるわ」

レイの笑うとできる笑くぼは可愛《かわい》いとおもった。笑くぼは右頬《みぎほお》よりも左頬の方が深くくぼんで見えた。一六〇センチほどのレイの身長は、ニューヨークの街では小さかった。レイはその細い身体にいつも少し大きめの、霜ふりのトレーナーを着ていた。レイの髪をかきあげる仕種《しぐさ》や、コーヒーを口にはこぶ時の動作には、どこか謎《なぞ》めいた空気を感じた。しかしそれは単に、レイの持つ東洋系の女といった雰囲気から漂ってくるものだとおもった。それでもレイが時々見せる、ふっとあきらめたような表情が気にかかった。

コーヒーを飲みおえたぼくたちはブライアント・パークへと歩いた。公園の広場を囲むようにして立つプラタナスは、木肌《きはだ》の荒れた枝ばかりが隣どうしでからみあっている。枝には灰色の鳩が群がっていた。

石造りのベンチに腰をおろした。ベンチはひんやりとつめたかった。広場で数人のヒッピーがギターを弾きながら叫んでいた。それを通行人がとりまいている。ぼくたちには、彼らが何を叫んでいるのかよく聴きとれなかった。風にもてあそばれている彼らの長い髪だけがゆれて見えた。

42ストリートを、ピーター・マックスの描く巨大なポスターを横腹に、バスがクロスしていく。ニューヨークの街は、ベトナムへの反戦運動の高まるなか、ＬＳＤ、黒人の暴動、そしてそれらを象徴するかのように、サイケデリックなパターンが氾濫《はんらん》していた。

「あの雪の日の８番街のバスのなかで、レイは赤い花を持っていたね」

「あ、あの時の花、あれアマリリスよ。あの花とても好きなの」

「アマリリス……。知らなかった」

アマリリスという可愛いひびきの名前を持った花が、あんなに毒々しく赤い色をしているとはおもわなかった。

「あの夜の雪すごかったわ」

レイとはじめてバスで乗り合わせた雪の夜のことを思い出した。まだニューヨークにやってきて、数日しかたっていなかった。

「あの時はね、グリニッジ・ヴィレッジでセロニアス・モンクを聴いての帰りだったんだ」

「モンクを？」

レイは黒い一重まぶたの目をまばたかせた。そして「すてき」と短くつけくわえた。

「ジャズは？　聴きにいったりするの？」

　ぼくはレイに訊《き》いた。

「ううん、レコードやラジオだけね。ライブはまだ一度もないわ」

　レイは答えた。

　セロニアス・モンクを聴きにいった日のモンクのことを話した。

「まるで狂人みたいなんだ。ヴィレッジ・ヴァンガードのなかを熊《くま》みたいに歩きまわっていてね。それに客のテーブルをピアノの鍵盤《けんばん》みたいにたたくんだよ」

　この日、モンクの目は血走っていた。ぼくはモンクに睨《にら》まれた時、一瞬たじろいだ。モンクはぼくのテーブルにくると、テーブルの上に置いたぼくのたばこを指さした。そして、それが東洋人の挨拶《あいさつ》だと錯覚しているらしい両手を合わせてのおじぎをした。テーブルの上のたばこは、東京をはなれる時に買ったワン・カートンのハイライトの、最後の一箱だった。

　ぼくは箱ごとモンクにハイライトをわたした。彼はそのなかから一本をぬき取ると口にくわえた。指の爪《つめ》が黄色かった。

「モンクはね、ぼくのハイライトを口にくわえてピアノを弾いたよ。たてつづけに二曲ね。ブライト・ミシシッピーとリフレクションズというやつだった」

「おもしろいわ。わたしも行ってみたい」

「今度いっしょにどう?」

行ってみたいと言ったわりには、レイの表情にさほどの乗り気は見えなかった。

「考えるわ」

レイはぽつりと言うと左腕の時計を見た。時計は午後の一時に近かった。ぼくとレイはプラタナスの下をぬけ、42ストリートに出た。ビルの前で別れた。

数日がすぎた。

ぼくはのびたままになっている髪をカットするためビルの地下通路にある理髪店に入った。ちょうど仕事のおわった時刻で、地下鉄への通路は人の波でごったがえしていた。

理髪店のガラスのドアがコツコツとたたかれた。横をむくとレイがガラス・ドアの前で手を振りながら立っていた。

カットはおよそ十分ほどでおわった。洗髪もなく、霧ふきで髪をしめらせ、鋏でぱさぱさとカットしていく。店内には、マッシュルーム・ヘアのビートルズの写真が貼ってあった。〈ライフ〉誌のカバーを切りとったものだ。

カット代五ドルとチップを支払って、理髪店を出た。

「恥ずかしいよ、ドアなんてたたかれると」

「ごめんね。あの理髪店のおじさんたちみんな友だちよ。それよりわたしの店にきてみない？　みんないるから紹介するわ」

レイにさそわれるままに、理髪店の並びにある〈アンクル・サム〉へとついていった。

〈アンクル・サム〉のボスは、ラドフォード・マジオといい、小太りの男だった。頭髪は周囲を残してきれいに禿《は》げあがっている。彼は毛蟹《けがに》のような手をさし出して握手をもとめた。笑顔には気のよさそうな老人といった人柄《ひとがら》があふれていた。

ほかにはリー・フランクという南軍の生き残りといった感じの六十ほどの長身の老人、メアリー・テーラーという痩《や》せて腰だけが蟻《あり》のようにつき出た三十すぎと見られる女性がいた。彼女は女教師のような服装をしている。もう一人、マックス・ヘッチマンというユダヤ系の男がいるらしかったが、少し前に帰ったばかりだった。

〈アンクル・サム〉のスタッフは、レイをいれると全員で五名ということになる。

「二年ほど東京にいた」

ボスのラドフォードの言葉に、ぼくはおもわず「オー・リアリイ」と言った。

「マッカーサーといっしょにね。もちろんわたしはただの兵士《ソルジャー》だった。日本の女性によく歌を唄《うた》ってもらってね。リンゴを唄った歌だった。何んと言ったかな」

ラドフォードは、額に手をあてて考える仕種をした。

それは戦後間もなく、並木路子《なみきみちこ》という歌手が唄って大ヒットした〈リンゴの歌〉ではないかとおもった。

「スタンプは好きかい？」

ラドフォードは歌が思い出せなかったからか、話題をスタンプのことにうつした。

「子供の頃、少しコレクションしたことがあります」

「日本のスタンプはいい」

ラドフォードは、自分の頭のなかで、知っている日本の切手を一枚一枚おもいうかべるかのように頷《うなず》いた。

長身で白髪のリー・フランクが、笑みをうかべながら、ラドフォードに合わせるように頷いている。メアリー・テーラーが、スタンプのアルバムを数冊はこんできて目の前のテーブルに開いた。それは日本の切手を集めたアルバムだった。そこには子供の頃、小遣いをはたきながら買い集めていた切手が何枚かあった。日本郵便という文字が妙になつかしかった。

「これとこれは持っています」

ぼくはアルバムをめくりながら、自分の持っている切手を指さした。ラドフォードは、子供の自慢話を聞いているかのようなやさしい眼《まな》ざしで、ゆっくりと頷いている。

「君の切手を見る目はなかなかいい。そうだ友だちになった記念だ、これをあげよう」

ラドフォードは、一枚の古い切手を机の引き出しから出して見せた。

切手には、上半身裸で、片膝《かたひざ》をついて座る東洋の女が描かれている。

「ほら、この女の左手には金のリングがあるだろう。昔から右手は権力、左手は服従のシンボルでね。この女は中国の女奴隷《どれい》なんだよ。めずらしい切手だ」

彼は切手についてそんな説明をすると、少し間をおいてからレイの方へ視線を流した。そして静かな口調で言った。

「この切手の女、レイに似ていないかい」

ぼくは返事につまってレイを見た。一瞬気まずい空気につつまれた。

「ちょっと似ていますね」

ぼくは、その空気をはらうように言った。レイのほてった瞳《ひとみ》が少し気にかかった。

ラドフォードにもらった切手を、上衣《うわぎ》の内ポケットから出した手帳にはさんだ。メアリー・テーラーがコーヒーをはこんできた。彼らといっしょにそれを飲んだ。その後は、レイの作業室や古い切手の収集されている部屋などを見てまわった。

帰ろうとした時、ラドフォードがぼくの耳もとで低い声で言った。

「何か困ったことがあったら、いつでもおいで。少しも遠慮はいらないからね」

また毛蟹のような手で握手をもとめた。握手はリー・フランク、メアリー・テーラーとつづき、最後にレイの手の指先きを軽くとった。つめたい指をしていた。みんないい人たちだとおもった。

通りに出るとすでに夜だった。42ストリートの6番街から見るブロードウェイ方向のあかりが爛《ただ》れたかがやきを見せていた。

四月になり、雨の日がつづいた。雨はあがるごとに、マンハッタンの緑を芽ぶかせた。ブライアント・パークは、萌《も》えるような緑につつまれた。その柔らかな葉むらのそよぎから、鳩がいきおいよく飛びかった。それは灰色のブーメランのように見えた。マンハッタンのなかでも、とくに昔のままの自然を残すセントラル・パークの緑は美しかった。街も人も、すべてが春に酔った。

その日は、朝から肌寒い雨が降っていた。ぼくは83ストリート、ヨーク・アベニューのアパートで、レイをはじめて抱いた。

排水のわるいアパートの屋上から落ちる雨が、鉄の非常階段で無粋な音をたてていた。雨でくもったガラス窓から、中庭をとおして向い側の裏窓が見えた。窓と窓とに洗濯《せんたく》ものを干すロープがわたしてある。雨に濡れたロープが、水滴をつらねた蜘蛛の糸のようだ。水滴は時折り吹く風にゆれ、ガラス玉のように散った。

アパートは、古いレンガ造りの六階建てだった。ぼくの部屋は三階にあった。

部屋は、ストリートに面しているAと、中庭に面しているBとに、中央の階段で分かれている。ぼくの部屋は中庭に面したBだった。ドアを開けると、バスルームとダイニングキッチンがあった。部屋全体は釘箱《くぎばこ》のように区切られている。

ダイニングキッチンには、小さなテーブルが置かれ、壁やドアはレモンイエローのペンキで、ドアが閉りきらないほど厚塗りされていた。

ダイニングキッチンの奥に、三十平方メートルほどのリビングルームがある。リビングルームには大きな組立て式のソファベッドがあった。ソファの腰をおろす部分を、持ちあげるように引っぱるとセミダブルのベッドになる仕組だった。ベッドにはブルーの布が貼ってある。

レイのアイボリー色の肌には、東洋人特有のきめ細かさがあった。胸はほどよいふくらみを持ち、マルメロ色の乳首はすねた少女のように上をむいている。裸になったレイは、玉子のようにつるんとしていた。

レイを抱いたあと、ベッドの背によりかかり、買ったばかりのヒッコリー・パイプに葉をつめた。ニューヨークにきてからはじめたパイプは、まだ口に十分なじんでいない。

「雨まだ降ってるわ」

レイはベッドからのろのろと両手を床にのばし、けもののように窓の方へと這《は》った。

雨に濡れた窓ガラスにはぬるぬるとしたゼラチン状の膜ができている。窓辺のうすあかりが、レイの右肩から腰にかけて、細い真鍮《しんちゅう》のような線で流れた。背筋からのびる黒い影が、身体を真中から裂いている。

レイは這ったまま身体を回転させた。臀部《でんぶ》がゴムボールのようなカーブを描いた。ぼくはそのカーブしたレイの肌に、小さな黒子《ほくろ》のようなものを見た。

黒子だとおもった。

「レイ、お尻のところに黒子がある」

ぼくは冗談ぽく言った。レイはそれに答えるでもなく、窓のそとの雨を見たままでいる。気にしていることを言ったのではないかと少し悔《くや》んだ。

レイの裸の身体が少しだけ動いた。

「黒子？」

レイは意外な表情で言った。ぼくはまばたきをしてレイを見た。

「よく見て。ちゃあんとよく見て」

レイはその位置を見せつけるようにあとずさった。

「イニシャルよ」

レイのぼくを見る目は潤《うる》んでいた。

左右の臀部に黒子のように見えたのは、直径五ミリほどのアルファベットの文字だった。文字は紺青《こんじょう》色で刺青《いれずみ》されていた。二つの文字はRとMだった。

はじめはイニシャルという言葉の意味がよくわからなかった。レイの頭文字をとったイニシャルだとおもいこんだ。こんな時代の、もしかしたらサイケデリック・アートなどからくる流行《はや》りなのかともおもった。

そしてそれが、レイのイニシャルではなく、〈アンクル・サム〉のボス、ラドフォード・マジオの頭文字だとレイの口から聞かされた時、後頭部に吹き矢を射かけられたような驚きを感じた。身体が一瞬熱くなり、それはすぐに冷汗に変った。

その後、レイの話がつづいた。

レイの先祖が、いつの時代に中国からコロンビアに渡ったのかはレイにはわからなかった。両親にきいて知ったことは、祖父の時代からコロンビアのメデリンで、金鉱の仕事に従事していたということだった。

レイは三歳の時、両親、兄、妹と渡米、家族は親戚《しんせき》をたよって、サンフランシスコのチャイナ・タウンに住んだ。

レイが単身ニューヨークへ出たのは、一九六六年の夏だったという。それはレイの両親が離婚したことが原因になっている。二十《はたち》だった。

当面、仕事を見つけねばならなかったレイは、新聞の求人広告から、78ストリート、パーク・アベニューにある、クラブのホステス募集の面接をうけた。クラブは会員制で、クラブの名は〈カッバザー〉といった。

〈カッバザー〉とは、アラビア語でくるみ割りなどといった意味があるらしかったが、本来の意味は、女の性器にみられる括約筋の、しめつけといったような下品なものだった。

レイはこのクラブでホステスとして働くようになった。クラブには、人種の坩堝《るつぼ》ニューヨークを象徴するかのように各国の女たちが働いていた。そんななかで、中国人はレイが一人だった。

〈アンクル・サム〉の経営者ラドフォード・マジオは、このクラブの会員だった。

ラドフォードは、〈カッバザー〉でのレイを見るや、たちまち少女のようなレイに熱をあげた。

太平洋戦争の末期、米軍による硫黄島上陸作戦は、日本軍の執拗《しつよう》な抵抗にあい、凄《せい》惨《さん》な戦況となった。海兵隊の一員として上陸作戦に参加していたラドフォードは、左下腹部に銃弾をうけた。一命はとりとめたものの、その後の彼は性的不能という十字架を背おうことになる。

年を追うごとにラドフォードをおそったのは、幼児愛好症《ペドフィリア》への傾倒だった。彼は〈カッバザー〉でのレイを煮つくすように教育した。

「彼は、幼児や少女の身体を見て満足するの。はじめはなんとなく気味わるい気がしたわ。でもわたし彼の熱意におぼれていったの。知らないうちに身体が彼に対して敏感になっていたの」

時間がたつにつれて、レイはラドフォードに対して異常に敏感な反応を示す女になっていった。

「ハイスクールの時、男は知っていたわ。同じクラスのボーイフレンドよ。でもラドフォードはちがっていた。おかしいのね、わたしって。どんどん変っていったわ」

両親の離婚から、単身ニューヨークへ出たレイは、ラドフォードに父親のような愛を芽ばえさせたのかもしれない。

「ラドフォードの声、ラドフォードの匂い、ラドフォードの肌、ラドフォードの息づかい、彼のいろんなことに身体が昂《たか》ぶるの」

レイは裸のままで、ぼくの横にうずくまっている。時折り珊瑚《さんご》色の舌先きで、ぼくの骨盤のあたりをつっつく。部屋はどうみても殺風景だ。パイプ・タバコの香りがかすかに漂っていた。

「戦争に行く前は、結婚を約束していた恋人がいたらしかったわ。でも負傷して、身体がだめになって、彼女とのこともだめになったらしいの。戦争がおわったら、帰国して彼女と結婚することだけを自分の励みにしていたらしいのに。とてもつらかったって」

「ラドフォードさん、スタンプで成功したんだね」

ぼくはレイの髪にうずもれている小さな耳をもてあそびながら話を聞いていた。

「よくわからない。成功したのかしら。でも子供の頃から夢中で集めていた切手を市場で売り買いしているうちに、今のようになったって……。とてもいいものコレクションしてるの。世界中にあまりないようなものも何枚か持ってるのよ」

ラドフォード・マジオの毛蟹のような手と気のよさそうな笑顔がうかんだ。

「こんなこと言ったらおかしいけど、ラドフォードは、クラブ〈カッバザー〉からわたしを買ったのよ」

「買った？」

「レイは彼の持ちものなの。ラドフォードに連れられて、ブルックリンにある刺青の店で、彼のイニシャルをヒップに彫った時、ああ、もうわたしは普通の人じゃないとおもった。ちょっとさみしかったけど、なんとなく気持がすうっとしたこともあったわ。もう何も考えないで、ラドフォードのものになろうって」

レイの話を聞きながら、ひとつためらっていることがあった。おもいきるように、そのことを口にした。

「ぼくとのこと、彼に知れたら……」

ぼくは言いかけて口をつぐんだ。

レイの表情に笑みがもれた。左右の笑くぼが影をつくった。

「みんな話すわ。彼、レイは誰と寝てもいいって言うの。そのかわり、あったことはみんな話すんだよって、これは規則なの」

「ぼくのことも？」

困っていた。いつも何かまずい状態になると、そこからすぐに逃げ出そうと考えるぼくの奇妙なレーダーが大きくゆれ動いた。正直いって、面倒なことにならなければとおもった。そんなぼくの気持とはうらはらに、雨の音は平静な一定のリズムで窓ガラスを打ちつづけていた。

「今までもそんなことがあった？」

「あったわ。そんな時は必ず彼に報告するの。こんな男と、こんなことをしましたって。その時は身体に何もつけてはいけないの。裸のまま、立ったままで報告する。彼はそれをベッドの上でスコッチを飲みながら聞くの」

レイはさらに言葉をつづけた。

レイはラドフォードに、自分のことを報告する。その時の恥ずかしさがたまらなくいいのだと言う。子供の頃、アンデルセンの「おやゆび姫」を読んだ時の、異常な興奮、睡蓮《すいれん》の葉の上に座らされ、カエルたちに見つめられるおやゆび姫に、性的な誇りを感じるのだと言った。

「おかしいでしょう？　レイは異常性格者、そしてコロンビア生れの中国人《チャイニーズ》、それからスタンプ・ショップ〈アンクル・サム〉のボス、ミスター・ラドフォード・マジオのスレイブ」

レイはそう言って、アメリカ人特有の笑みを見せた。可愛いとおもって見ていたレイの笑くぼが痣《あざ》に見えた。

密林に咲く食人花の花芯《かしん》にずるずる引きずりこまれていくような寒さを感じた。レイとはじめて会ったバスのなかで、レイの持っていた毒々しく赤いアマリリスの花をおもった。

ニューヨークの短い雨期がすぎて、時計は夏時間になった。この季節には長い黄昏《たそがれ》がある。陽《ひ》の落ちたあと、静かな露草色の空がゆっくりと夜の闇に溶けていく。

仕事の方は、これといったこともなく、毎日が同じようにすぎていった。週給でもらう百ドルも、半分はアパート代に消える。

アパートのある83ストリートのヨーク・アベニューあたりは、昔からヨークヴィルと呼ばれ、ドイツ系住民の多い地区だった。アパートの管理人《スーパー》もドイツ系のアメリカ人だった。ジョンといった。ジョンはよく大きなシェパードを連れて、アパートの周辺を歩いていた。その恰好《かっこう》は、どう見ても、戦争映画などで悪役としてあつかわれるドイツ兵の姿だった。ぼくはそんなジョンが好きだった。

仕事から帰ると、まだ明るいカール・シュルツ・パークを散歩した。アパートからカール・シュルツ・パークまでは歩いて五分ほどだった。公園の下をイースト・リバーが流れている。

アパートでシャワーを浴び、Tシャツに着がえる。出かける時は、きまってスーパー・マーケットの紙ぶくろに、缶ビールを二本、それにヒッコリー・パイプを入れた。イースト・リバーの柵《さく》に寄りかかると、川からの風が涼しく吹いた。柵に沿って、公園の端から端を意味もなく何度も何度も歩いた。そんな時、ふと子供の頃のことを思い出した。模型のブリキ自動車を手に、家のコンクリートの塀《へい》を行ったりきたりして一人で遊んでいた頃のことだ。

川を船が下ってゆく。子供たちのあげる凧《たこ》が川の上空でゆれている。

イースト・リバーの対岸に、クイーンズ区のビルが墓石のように見えた。川の右手にルーズベルト島が、左にはウォーズ島が浮かんでいる。ウォーズ島には精神病院があると聞いていた。

空になった缶ビールをふると、缶のなかに捨てた栓《せん》がカラカラと悲しい音で鳴った。自分の身体のなかで鳴っているようにおもえた。

ぼくはまた公園の柵に沿って歩いた。

秋になって、セントラル・パークの森が色づいた。西陽をうけた公園は山吹色にかがやいた。公園を歩くぼくの肩に、風に吹かれた栃《とち》の葉が降るように散った。日がたつにつれ、公園の森は小さくなり、透明な林になった。ニューヨークの秋は足早に去っていく。

季節がめぐるごとに、気持は空虚になっていった。それは空虚というにはあまりに陳腐な気分だった。そんなぼくの気持に比例するように、レイの倒錯した性は日に日にエスカレートしていった。

うしろから抱かれることを好んだ。射精した精液を舌ですすった。猫《ねこ》になるといって、ガラスの皿にそそいだミルクに、口をつけて飲んだ。うずくまったレイの裸の身体から、細い首が断頭台の囚人のようにのびた。

レイは、ドイツ表現派の画家キルヒナーの描く狂った少女に見えた。それでいてレイには奇妙な自由があった。

ニューヨークに、また雪がやってきた。

クリスマスが行き、新しい年があけた。

仕事がはじまって数日たった午後、ぼくは久しぶりにレイから電話をうけた。寒い日で、仕事場の窓から見える〈ニューズウィーク〉誌のビルの温度計が氷点下十度をさしていた。夜には雪になる空だった。

「ハッピー・ニューイヤー」

レイの声ははずんでいた。

「ハッピー・ニューイヤー。元気そうだね。クリスマスどうだった」

「ちょっと旅してたの。近くなんだけど」

レイの言葉には、湿ったマッチに似たふくみがあった。

仕事が終った後、ぼくたちは一階のコーヒー・ショップでコーヒーを飲み、ベーコン・サンドを食べた。

夜になっておもったとおり雪になった。コーヒー・ショップを出たぼくたちは、数ブロック歩いてからバスに乗った。レイがぼくのアパートへ来るのも今年になってはじめてだった。

83ストリートの1番街でバスを降りた。ぼくとレイはヨーク・アベニューまで雪のなかを歩いた。レイはPコートの衿をたて、左手でその衿もとを押さえている。ぼくはセールで買った茶色のスエードのジャケットに、リビングストン・チェックのマフラーを首に巻いていた。レイは時折りぼくを見た。雪は降りつづいた。

アパートの室内はほどよい温度だった。ぼくはジャケットをぬぎ、テレビのスイッチを押した。レイはソファに腰をしずめ、ぼんやりとテレビの画面を見つめた。テレビは古い型のモノクロテレビだった。

「レイ、みんな元気？」

〈アンクル・サム〉のスタッフのことを訊いた。

「元気よ。クリスマスも楽しかったわ」

「ラドフォードさんは？」

レイはテレビの画面から顔をぼくの方へと向けた。なにか特別なことでも訊きたいのかといった表情だった。

「元気よ」

レイは言った。

ラドフォードは、週末をコネチカットの自宅で過ごす以外は、ハドソン川に沿ったリバーサイド・ドライブの100ストリートにあるアパートで暮していた。そこはレイの住居でもあった。

「シャワー浴びるわ」

レイはソファから立ちあがった。

窓ガラスを、大粒の雪がたたいている。ひゅうひゅうと、それは土笛のような音だった。

シャワーの音がやみ、バスルームからレイが裸身をバスタオルでつつんで出てきた。

「〈アンクル・サム〉のクリスマス・パーティで、わたしアラビアの踊り子になったのよ」

レイは踊るようなステップで、身体からバスタオルをとった。一瞬、ぼくはレイの乳首に水滴のような光を見た。それは水滴ではなかった。

レイの左右の乳首には、小さな金色のリングがはめられ、剃《そ》りあげた下腹部がゴムボールのような肌を見せている。

「レイ……」

　ぼくは口ごもった。

「さっき旅してたっていったでしょう。あれは嘘《うそ》なの。本当はこのためにドクターのところへ連れていかれたの。乳首にピアスするのは麻酔したので少しも痛くなかったわ。そのあとのいろんな処置があって、しばらく通っていたの。ドクターはラドフォードの親友よ。とても親切だった」

　ぼくはレイを理解しようとつとめた。レイはこれで、ラドフォードにとって完成品になったのかもしれないとおもった。

「きれいだよ」

　ぼくはレイに言った。立ったままのレイを抱いた。レイはぼくの両手をすりぬけ、背をむけた。うしろからレイを抱きかかえた。乳首のリングが、ガラスのようなつめたさで、ぼくの手のひらにふれた。

　ニューヨークに来てから一年がすぎた。

　ぼくは相変らず労働ビザのとれないまま、もぐりの仕事をつづけていた。時折り弁護士を訪ねたが、弁護士の言葉はいつも同じことのくりかえしだった。それに加え、法律関係の英語は難解だった。ぼくは少し自棄《やけ》になっていた。春になるのを待って帰国しようかともおもった。

二月が終りに近づいたある日、突然ラドフォードから電話をうけた。ラドフォードの声はいつものように陽気だった。レイはほんとうにぼくのことをラドフォードに報告しているのだろうか。そんな気持になるくらいにラドフォードの態度はくったくなく、明るかった。

「元気？　仕事が終ったら店に寄らないかい。めずらしいスタンプも入ったし、今日はいいワインがあるんだ。レイも会いたがっている」

仕事が終った後、ぼくは地下への階段を下りた。ラドフォードの言った、レイも会いたがっているという言葉が気にかかった。

〈アンクル・サム〉のスタッフは、みんなでワインを飲んでいた。彼らは立ちあがってぼくを迎えた。メアリーがワインをついだ。ぼくはかるく会釈《えしゃく》するようにワイングラスをあげ、ワインを口に含んだ。

「クリスマス・パーティの話をしたかな？」

ユダヤ人のマックス・ヘッチマンが、意味ありげに発言した。彼は三十五歳でブルックリン生れだった。今もブルックリンで、妻と二人の子供とで暮している。

「レイのアラビアの踊り子。可愛かったわよ。わたし抱きしめたくなったわ」

メアリーの赤い唇《くちびる》が好色そうに動く。

「レイ、あの時と同じにやってみなよ」

マックスが言った。

「胸のリング見たいわ」

メアリーの言葉に、レイのまぶたが紅潮した。ぼくはいつかレイの話した、恥ずかしさがたまらなくいい、といった言葉を思い出した。

「まあ、それより肝心なことがあるだろう」

それまで黙っていたラドフォードが口をひらいた。

「そうだ狐狩《きつねが》りのことだ」

リー老人が言った。

ぼくには、何んのことだかさっぱりわからなかった。

「雪がなくなるとまずい」

「やはりこの週末あたりだろう」

みんなはそれぞれに言いあっている。

「狐狩り？　狐狩りって？」

ぼくはレイの方を見て言った。

「毎年、郊外で狐狩りをやってるのさ。昨年はベア・マウンテンの森だった。今年はもう少し遠くへ行く予定なんだが」

ラドフォードがそんな説明をした。

「楽しいわよ、行きましょう」

メアリーがまたぼくのグラスにワインをそそいだ。

「どうやって狐狩りをするんですか？」

「どうやってって、ライフルで狐を追うのさ」

マックスが銃をかまえる仕種を見せた。

「これじゃ少し狙《ねら》いが甘いかしら」

メアリーが引き出しから拳銃《けんじゅう》を出したので驚いた。拳銃は写真で見て知っていたコルトガバメントだった。

「メアリー、そいつは危ない。本番はキャッツキルでやろうぜ」

マックスがメアリーから拳銃をとりあげた。

ラドフォードとリー老人はおだやかな笑みをうかべながらワイングラスをかたむけている。

「ライフルなんて使ったことがないんです」

ぼくは言った。

「ライフルの使い方？　そんなのみんなベテランぞろいだよ。まあ心配しないで、ピクニックの気分で行こう。よし決まりだ」

マックスが力強くしめくくった。


週末の土曜日、昨夜までふりつづいた雪があがり、マンハッタンの空にはトルコ石のような青い空がひろがった。エンパイア・ステート・ビルのトップ・ポールが、レコード針のように青空を突きさしている。

ぼくたちは52ストリートのバークシャー・プレイス・ホテルのロビーでおち合った。

ぼくはレイとラドフォードの三人で車に乗ることになった。リー老人とメアリー、それにマックスは、ひと足先に出発していた。

はじめはラドフォードが運転した。ぼくたちを乗せたサンダーバードは、ハーレムをぬけ、リバーサイド・ドライブを北上した。左手にジョージ・ワシントン橋《ブリッジ》を見て、ヘンリー・ハドソン・パークウェイに入ると、ニューヨークの風景は一変した。屋根に雪をのせた家々は、子供の頃絵本で目にしたお菓子の家みたいに見えた。

「たったこれだけの時間で、こんなに風景が変るんだね」

ぼくはレイに言った。

「このあたりのニューヨークは美しい」

ラドフォードは、後部座席に一人でいるぼくを、バックミラーごしに見て言った。助手席にはレイがいる。

バン・コートランド・パークをすぎて、ヨンカーズに入った。

途中、コーヒー・スタンドに立ち寄り、それからはぼくがハンドルを握った。ぼくたちはマンハッタンを出てから四時間ほどして、キャッツキル・パークにある山小屋に着いた。ラドフォードの別荘だった。

キャッツキル・パークは、このあたりの大自然公園だ。面積二七万八七〇〇ヘクタールの広さを持ち、そのほぼ全域が深い森につつまれている。

雪におおわれたキャッツキルの森は、森閑とたたずんでいた。風が吹くと森はもくもくと動く。

別の車で出たリー・フランク一行は、すでにハンティングスタイルでスコッチを飲んでいた。高い天井で太い丸木が腕組みをしている。

「やあ、やっと着いたね。まあ一杯どうだ」

マックスがストレート・グラスにスコッチを注いだ。ぼくは一気にそれを喉の奥にほうりこんだ。身体のなかに火の柱がたった。

「二階に上ってみるといい、なかなかの眺めだからね」

リー老人が赤い顔で二階への丸木の階段を指さした。メアリーはロブロイ・タータンのウールのシャツの上に、毛皮をあしらったベストを着ている。

ぼくは丸木の階段を上った。窓の外には、凍りついた雪原がひろがっている。雪原の遠くに深い雪の森がある。風が白く雪面を舐《な》めていく。雪の反射がまぶしくゆれた。

いつだったか映画で見た、イギリス貴族たちの狐狩りのシーンを思い出した。笛を鳴らし、猟犬をかっての、いかにも英国貴族らしい勇壮な光景だった。ラドフォードたちが、どんな狐狩りをするのか興味深かった。

その時、鋭い銃声が窓ガラスを振動させた。銃声はあたりの山々にこだまし、やがて静かに遠くの森へと波のように引いて消えた。窓の下を見ると、マックスがライフルをかまえて立っている。彼が森へ向けて一発うちこんだのだ。

いよいよはじまるのかとおもった。

階段を下りると、ラドフォードたちはすでに別荘の入口に集まっていた。

「すごい音ですね」

「ちょっとテストしてみたのさ」

マックスはライフルを肩にたばこをくわえていた。それぞれがスコープつきのライフルを持っている。ぼくはみんなのライフルに気をとられて、そこにレイのいないことに気づかなかった。

「銃はどこですか？　使い方も教えてもらわないと何もわからないし」

ぼくは言った。まだ洋服も、ハンティングスタイルに変えていなかった。それは彼らがみんな用意してくれることになっていた。

「君は銃はいらないんだよ」

ラドフォードの目がいつになく鋭く光った。それは気のせいだとおもった。

「じゃ、今日のコースぼくは休んでいます。明日もあることだし、その方がいいんです。狐を待ってますよ」

ぼくは笑いながら彼らに言った。

「狐はもういるのよ」

メアリーが言った。ぼくにはそれがまだ何んのことだかわからなかった。

「えっ？　何んですか？　狐が」

ぼくはメアリーに訊きかえした。

「そろそろいいかな。メアリー、狐をつれておいで」

ラドフォードに言われ、メアリーは別荘のなかへ入っていった。

きな臭い胸さわぎをおぼえた。ぼくは少し混乱した。

何かが起こる。ぼくは雪の反射を右手でさけながら目を細めた。森を見た。森は依然として静かなたたずまいを見せている。

その時、別荘のドアの鈴が鳴ってメアリーがあらわれた。そしてメアリーにともなわれてあらわれたレイを見て、ぼくは愕然《がくぜん》とした。

レイは全裸だった。乳首の金色のリング、剃りあげられた下腹部、それは雪の夜、ぼくのアパートで見たレイの姿そのままだった。

「ラドフォードさん！」

これはどういうことなのか訊きたかった。しかしそれはリー老人の一喝《いっかつ》でさえぎられた。

「黙るんだ！」

リー老人の、こんなきびしい口調ははじめてだった。

「君も狐だ」

ラドフォードが言った時、マックスのライフルが足もとに炸裂《さくれつ》した。

「狐！　走れ！」

メアリーのヒステリックな声がひびいた。

三月になり、空には春の色が広がった。

キャッツキルでの狐狩りが、時々悪夢になって頭をよぎった。雪原を跳ねまわるように走って行くレイの裸の身体がうかんだ。あれからレイには会っていない。

ぼくはどのあたりで意識を失ったのだろう。レイのうしろから狂ったように走った。目の前に暗い森が見えた。

窓からの光で眠りから覚めた。ひゅうひゅうと風が鳴っていた。ぼくは前日の狐狩りで意識を失い、眠りつづけていたのだ。別荘にはすでに誰もいなかった。一階のテーブルの上に、別荘の鍵《かぎ》や近くの駅までの地図などがあった。

ぼくのキー・ホルダーには、キャッツキルの別荘の鍵がまだついている。鍵を持っている必要はなかったのだが、鍵を返しに〈アンクル・サム〉へ出かけることにはためらいがあった。それでも決心がついた。ぼくは仕事の終ったあと、地下通路の階段へと歩いた。

コーヒー・ショップをのぞいてみた。レイとはじめて話した場所だった。地下鉄への下り口に雪がはきよせられていた。

〈アンクル・サム〉には、まだ電灯がついていた。みんなそろっているようだった。ぼくはドアを押した。

「ハーイ、ハ・アー・ユー」

ラドフォードらの笑顔がぼくを振りかえった。何か言いたかったのだが、言葉が出なかった。無言のまま鍵をいちばん手前にあったデスクの上において店を出た。彼らの、あのくったくのない笑顔はいったい何んだろう。彼らの笑顔と、狐になれと叫んでいる形相とが頭のなかで交錯した。

ひとつだけ気になることがある。彼らのなかにレイの姿がなかったことだ。ぼくには、もうレイはどこにもいないようにおもえてならなかった。

通りに出ると風がつめたかった。ストリートをわたり、ブライアント・パークに沿って歩いた。公園のプラタナスの根もとにはまだ雪がある。

5番街の42ストリートの角に花売りの老婆《ろうば》が立っていた。ぼんやりと、ワゴンのなかの花を見た。花はニューヨークに、春のおとずれをつげている。数本の、毒々しく赤い花に目をとめた。アマリリスだった。

考えもなくマジソン・アベニューの方へと歩いた。つめたい風が、ビルのすき間から吹きつけた。

解説　水丸が背負う青い炎がちろり

嵐山光三郎

安西水丸がニューヨークのデザイン会社から千代田区四番町の平凡社に入社してきたのは一九七一年だった。ニューヨーク帰りのピカピカの二十九歳。私と同年齢だったこともあり、たちまち感電しあって親しくなった。

ひょろりとして伏し目がちで、髪の毛を真ん中で分け、その背後に青い炎がちろり、ちろりとあがっていた。このジンブツは物語をしょっていると直感した。剣豪になったマチスが、崩れゆく時代に、絵筆一本持って屹立しているようだった。「ヨーシ、こいつと組もう」と思った。

月刊『太陽』編集部にいた私は赤瀬川原平が主宰する櫻画報社の客分であったから南伸坊編集の漫画雑誌『ガロ』の宴会に水丸を連れていった。『ガロ』の発行所、青林堂は原稿料なし画料なしの清貧出版社であったが、白土三平がデビューし、つげ義春、赤瀬川原平、林静一ほか多くの逸材を輩出した。南伸坊編集長になって登場した水丸は、「ガロ漫画」の伝統である文芸路線をひきつぎ、七〇年代の空漠を背負って「千倉の海」シリーズが評判となった。美しい姉たちに囲まれて育つ少年の孤愁。いきなり登場したから「安西水丸とは何者であるか」と評判になった。

平凡社では『こども世界百科』編集部の渡辺昇として、てきぱきと働き、ガロ系漫画家へ作画を依頼して、高額の画料を支払った。実際には会社が払うわけだが、ニューヨークに行く前は電通製作部にいて、性分として気前がいい。ガロの文芸漫画での白眉はコマ割りの妙で、映画的構成がずばぬけていた。ロングカット↓点描↓ディテイル↓女の顔↓そして一面の海、で終る一話十六ページの漫画は、イタリア映画やフランス映画を思わせた。そうか、究極は小説を書きたいのだ、と察した。

水丸と私は中産階級的サラリーマンの生活を享受し、娘や息子を連れて信州のヘンピなスキー場や房総半島の海の寮へ行った。千駄ヶ谷でジャズの店「ピーターキャット」を開いた村上春樹の店へも行った。店主のハルキさんはビールを缶ごと客の前に出してきて、うーんアメリカッぽいな、とびっくりした。

その後、水丸は野生動物雑誌『アニマ』のアートディレクターとしていい仕事をしたあと、宣伝課へ異動したが、たまたま応募した「紀文おいしいイラスト展」特賞を受賞し、一九八〇年、三十八歳で退社した。

宣伝課長は水丸を評価する度量がなく、「会社をおやめになったら」と促し、その話を聞いた嵐山は退職届けの書き方を教えた。

水丸が退職届けを渡すと、宣伝課長は嬉しそうに胸にかかえこみ、スキップして三階の総務課まで走っていったという（水丸談）。退職が課会で発表される日の前夜、水丸とふたりで新宿のバーで遅くまで飲み、うす暗いカウンターで退職の挨拶を練習した。

「……宣伝課のみなさま、いままでありがとうございます」と、ここまではスラスラ言えた。そのあと「これからは△△課長の顔を見ずにすむのが嬉しいです」とつづいた。あのですね……と私は忠告した。そりゃだめですよ、立つ鳥フンを濁さず、っていうでしょ。「フンじゃないよ、跡《あと》ですよ」と水丸が言い返した。どうしてもその一言を言わないと気がすまないらしい。

で、翌日の課会が開かれたあと、水丸に会った。二時間の課会のあいだ「その一言を言うか言わないか」と迷いつづけたが、水丸退職の件はいっさい報告されず、退職の挨拶を求められることもなかった。会議が終って席から離れながら課長は「あ、ワタナベ君がやめるそうです」と言った。

その夜も水丸と痛飲した。その一ヶ月後、人気雑誌に「宣伝課のみな様」というコマ漫画が掲載され、社内で大受けして、水丸の退社を惜しむ声が続出した。明らかに△△宣伝課長と思われる人物と課員のやりとりが活写されていた。そのディテイルは限りなく現実に近く、村上春樹氏が絶賛した漫画『普通の人』（JICC出版局、一九八二年）に通じる抱腹絶倒漫画だった。この作品は水丸作品群からはいつのまにか消えてしまった。

その翌年、嵐山も平凡社を退職した。社が経営危機に陥り、希望退職に応じた。すっかり売れっ子になった水丸が嬉しそうにやってきて、「私は先見の明があった」と自慢しつつ励ましてくれた。嵐山は退職した七人の友人と小出版社青人社を始めた。そのことは『昭和出版残侠伝』（ちくま文庫、二〇一〇年）に書いたが、水丸は全面的に協力してくれた。

一九八三年、はじめて村上春樹の本『中国行きのスロウ・ボート』（中央公論社）の装幀を手がけた。水丸画の特徴である線をはずしたラ・フランス（洋梨）の切り絵風のイラストレーションが評判になった。これ以後、『蛍・納屋を焼く・その他の短編』（新潮社、一九八四年）など、ハルキ氏の本の装幀を多く手がけるようになった。ハルキ氏と親しくなり、絵本『ふわふわ』（講談社、一九九八年）などの共著を何冊も刊行した。ハルキ氏との交流が深まると水丸の文芸志向の青い炎がめらめらとあがり、「いつか小説を書こう」という気持が強まったと思う。『ランゲルハンス島の午後』（光文社、一九八六年）の「まえがきにかえて」でハルキ氏は「水丸性」について「気持ちの良いなじみのバーのカウンターで、友だちに手紙を書いているところを想像して下さい。それが即《すなわ》ち僕にとっての『安西水丸性』ということになる」と書いている。水丸が絵をつけると、「水丸性」がしみこんでいく、という。「水丸さんに絵をつけて貰う僕の文章はかなり幸せな文章である」と。

「水丸性」が小説になると、どうなるのか、がわかるのは『アマリリス』（新潮社、一九八九年）からで、この初出は『小説新潮』だった。水丸がニューヨークへ渡った二年間を回想した七編の情事小説集。ベトナム戦争でアメリカが病んでLSDに狂っていた時代だった。『アマリリス』が刊行される年の冬、私は水丸と一緒にニューヨークへ行き、「新NY者」（制作テレコムジャパン、フジテレビ）というテレビ番組に出演した。水丸がマスミ夫人と暮らしていたアパートの屋上に赤いバラの花が咲き、雪がつもっていた。

降る雪やふた昔前の声を聴く（水夢）
貸部屋のバラ凍て風の音を聴き（嵐山）

なんて句を詠んだ。水夢は水丸の俳号でスイミング（泳ぐ）から。

水丸の小説には、女の息があるね、と言うと「五人の姉がいたんでね」とうなずいた。水丸は女性にもてたが、「必要以上に女に媚びず、けなさず」が習性となっていた。女と同じ視線の価値観を持っているのがうらやましかった。

「レモンを描く」はイラストレーション小説で個展の話。レモンは光の雫《しずく》。左目に眼帯をかけた女が出てくる。「義仲という自転車」「とうもろこし畑を走る」とともに初出は月刊『太陽』で短篇集『十五歳のボート』（平凡社、一九九二年）として刊行された。

『バードの妹』（平凡社、一九九八年）からは四作。月刊『太陽』に一九九六年一月号から九七年六月号までの連載で、「退社の挨拶」をしそこなった水丸の「無念」が歳月で洗われ、浄化されていた。ここに登場する女性は北森礼子（「消えた月」）、芳田愛子（「柳がゆれる」）、舟木美里（「ドラキュラ伯の孤独」）、加奈子（「ひと冬」）という名前が出てくる。女と愛の迷宮を漂う男の名（こちらはどうだっていいのだが）も出てきて、モデルがいるのではないかと記憶を探ったけれど、該当する人物はひとりもいなかった。見事なまでにフィクションで、足をつかませなかった。完全妄想の自白。共通するのは、病気がちで訳ありで影のある女たちである。登場人物は架空だが背景は、一九八〇年代の青山、赤坂、六本木である。そして空。文庫本のタイトルとした「左上《ひだりうえ》の海」もそのひとつで、小説に出てくる話も水丸ならではのつぶやきだ。

水丸はおしゃれで、ヨウジヤマモトのシャツを着ていた。ヨウジヤマモトが水丸用にデザインした服もあった。ジャケットはコム デ ギャルソンが好きで、ジャラジャラしたものがついていると、自分で取って洗濯機で洗った。アイロンをかけず、洗いざらしをはおっているので、私がそれを真似したら「ただの失業者」になってしまった。

水丸と最後の絵本『ピッキーとポッキーのはいくえほん』（福音館書店）を出した

のは二〇一三年十一月だった。「ピッキーとポッキー」シリーズを刊行してから三十七年がたっていた。水丸は「絵がうまくなってしまって、昔のヘタな絵を描けなくなったよ」とこぼして、刊行が一年遅れた。翌十四年一月に国立のギャラリービブリオで絵本の原画展をした。

三月十四日に東銀座で立川志らくの落語独演会があり、席に着くと隣席に水丸がいた。咳《せ》き込むような低い声で、「この歳になってこんなに忙しくなるとは思っていなかった」と言った。東京イラストレーターズ・ソサエティ理事長を九年間つとめ、多忙を極めていた。デビュー作も最後の仕事も一緒だった。

水丸が亡くなってイチ、ニ、サン、シ、ゴ、ロク、シチ年か。数字を口にするのは水丸の流儀で、散歩中に信号が変ると、声に出していた。水丸が亡くなった後、回顧展が東京・京都・仙台・北海道・福島などで開催され、どこも大盛況であった。二〇二一年、世田谷文学館で「イラストレーター安西水丸展」が開催されることになり、この機に「安西水丸恋愛小説集」を出そうと「NY者」取材に同行した坂崎重盛が企画して、嵐山選を、中公文庫の田辺美奈さんが担当してくれた。「おーい水丸、できたよ」と五月の空に向かってこの一冊を掲げたい。

（あらしやま・こうざぶろう　作家）

底本一覧

『アマリリス』一九八九年六月、新潮社
　アマリリス
『リヴィングストンの指』一九九〇年十月、マガジンハウス
　左上の海
『十五歳のボート』一九九二年三月、平凡社
　レモンを描く／義仲という自転車／とうもろこし畑を走る
『草のなかの線路』一九九四年一月、徳間書店
　ボートハウスの夏／薔薇の葉書
『空を見る』一九九四年七月、ＰＨＰ研究所
　空を見る
『バードの妹』一九九八年九月、平凡社
　消えた月／柳がゆれる／ドラキュラ伯の孤独／ひと冬

本文中、今日の人権意識に照らして不適切な語句や表現が見られますが、著者が故人であること、発表当時の時代背景に鑑みて原文のままとしました。（編集部）

中公文庫

嵐山光三郎《あらしやまこうざぶろう》セレクション　安西水丸短篇集《あんざいみずまるたんぺんしゅう》
左上《ひだりうえ》の海《うみ》

2021年6月25日　初版発行

著　者　安《あん》西《ざい》 水《みず》丸《まる》

発行者　松田陽三

発行所　中央公論新社
〒100-8152　東京都千代田区大手町1-7-1
電話　販売 03-5299-1730　編集 03-5299-1890
URL http://www.chuko.co.jp/

DTP　ハンズ・ミケ
印　刷　三晃印刷
製　本　小泉製本

Published by CHUOKORON-SHINSHA, INC.
Printed in Japan　ISBN978-4-12-207073-8 C1193

中公文庫既刊より

各書目の下段の数字はISBNコードです。978－4－12が省略してあります。

わ-25-3
青豆とうふ
和田　誠
安西水丸
一つの時代を築いた二人のイラストレーターが、互いの文章と絵をしりとりのようにつないで紡いだエッセイ集。カラー画も満載！〈文庫版のあとがき〉村上春樹
207062-2

あ-69-1
追悼の達人
嵐山光三郎
情死した有島武郎に送られた追悼は？　三島由紀夫の死に同時代の知識人はどう反応したか。作家49人に寄せられた追悼を手がかりに彼らの人生を照射する。
205432-5

あ-69-3
桃　仙　人　小説　深沢七郎
嵐山光三郎
「深沢さんはアクマのようにすてきな人でした」。斬り捨てられる恐怖と背中合わせの、甘美でひりひりした関係を通して、稀有な作家の素顔を描く。
205747-0

む-4-3
中国行きのスロウ・ボート
村上　春樹
1983年――友よ、ぼくらは時代の唄に出会う。中国人とのふとした出会いを通して青春の追憶と内なる魂の旅を描く表題作他六篇。著者初の短篇集。
202840-1

む-4-4
使いみちのない風景
村上春樹　文
稲越功一　写真
ふと甦る鮮烈な風景、その使いみちを僕らは知らない――作家と写真家が紡ぐ失われた風景の束の間の記憶。文庫版新収録の2エッセイ、カラー写真58点。
203210-1

む-4-11
恋しくて　TEN SELECTED LOVE STORIES
村上春樹　編訳
恋する心はこんなにもカラフル。海外作家のラブ・ストーリー＋本書のための自作の短編小説「恋するザムザ」を収録。各作品に恋愛甘苦度表示付。
206289-4

む-4-12
極　北
マーセル・セロー
村上春樹　訳
極限の孤絶から、酷寒の迷宮へ。私の行く手に待ち受けるものは。この危機は、人類の未来図なのか――読み始めたら決して後戻りはできない圧巻のサバイバル巨編。
206829-2